BASTEI LÜBBE

Robert Ullman

Durango

Western-Roman

BASTEI
LÜBBE

BASTEI-LÜBBE-TASCHENBUCH
Robert Ullman
Band 48 001

Titelillustration: Eis
Umschlaggestaltung: Quadro-Grafik, Bensberg
Druck und Verarbeitung:
Mohndruck Graphische Betriebe GmbH, Gütersloh
Printed in Western Germany
ISBN 3-404-48001-5

Der Preis dieses Bandes versteht sich einschließlich der gesetzlichen Mehrwertsteuer.

I

Die mächtige Felswand warf ihren Schatten über die verfallene Hütte, die nun in der klaren Nacht mit dem Dunkel verschmolz, daß nur noch das schwach leuchtende Viereck des Fensters blieb.

Jim Drago tauchte die breite Wasserflasche in den Bach, der hier eine Art breite Mulde bildete, in der sich der Mond widerspiegelte.

Er ging zurück. Der weiche Boden, der mit kniehohem Yumagras bedeckt war, dämpfte seine sporenklirrenden Schritte. Er sah, daß sie in der Hütte ein Feuer angezündet hatten.

In der Hütte brannte eine kleine Sturmlaterne. Ihr Licht fiel auf einen dreibeinigen, halb vermoderten Tisch, um den vier Männer auf ihren Sätteln hockten.

Logan Stearns hatte seine Kordjacke über die an der Wand lehnende Winchester 73 gehängt und rauchte schweigend. Auf der Feuerstelle, die aus einem kniehohen flachen Stein bestand, prasselte ein Feuer, dessen beißender Rauch den kahlen Raum erfüllte und durch eine Öffnung in der Decke abzog.

»Sundown« Yancey hatte sich in seiner lässigen Art auf den Sattel gesetzt und ritzte mit seinen großen Sternradsporen den Boden auf. Er warf dem Eintretenden einen kurzen Blick zu, gähnte und schob mit der Revolvermündung den zerbeulten Hut in den Nacken.

Sommerlich milde war die Luft. Burk Paxton hustete, stand auf und reckte seine muskelstarken Schultern.

Er nahm Jim Drago die Wasserflasche ab und hielt sie an den Mund. Schon nach dem zweiten Schluck setzte er sie wieder ab und verzog das Gesicht, als quälten ihn heftige Schmerzen.

»Warum sind wir nicht weitergeritten?« murrte er und sah dabei Stearns an. »Das Haus dieses McGee kann gar nicht so weit sein. Er hat bestimmt Whisky. Es gibt keinen Mann in dieser verlassenen Gegend, der keinen Whisky hat.«

»Du hast ja gehört, daß er ein rauher Bursche sein soll. Wir haben Schlaf nötig. Wir hätten die ganze Nacht auf ihn aufpassen müssen.«

Red Burgess war nun mit dem Bratspieß soweit. Er begann das große Stück Büffellende langsam zu drehen. Der Halbindianer trug einen flachen Hut mit breiter Krempe, die lange Schatten auf sein dunkles Gesicht warf. »Wann werden wir in Durango sein?« fragte Red.

Logan Stearns klopfte die Pfeife an seinem Stiefelabsatz aus und bohrte die Glut bedächtig in den Boden hinein.

»Wenn es stimmt, daß der Mann den Weg so gut kennt, vielleicht in zwei Tagen. Kann auch sein, daß es drei Tage dauert.« Stearns warf einen Blick auf die Sturmlaterne. Er erhob sich, rückte den Sattel näher heran und warf ein Kartenspiel auf den Tisch. Die aufwirbelnde Staubwolke flog Sundown ins Gesicht, und der etwas cholerische Rotschopf sprang fluchend auf.

»Kannst du nicht aufpassen?«

Logan Stearns warf ihm nur aus seinen kalten grauen Augen einen Blick zu, und Sundown war wieder still. Er rieb sich den Staub aus den Augen und setzte sich. Stearns verteilte die Karten.

»Spielst du mit, Jim?«

Der hagere Cowboy schüttelte den Kopf und blieb im Türrahmen stehen. Tief atmete er die würzige Luft ein. Draußen erhob sich nun ein schwacher Wind, der den Rauch des Herdfeuers rascher absaugte.

»Spätestens übermorgen hat die Posse unsere Spur gefunden«, sagte Burk Paxton, und er nahm die sieben Karten auf und ordnete sie. Das Licht fiel grell auf sein struppiges schwarzes Haar, und als er den Kopf hob, um Stearns anzusehen, blinzelte er.

Als niemand etwas sagte, verzog sich Stearns' harter Mund zu einem Lächeln.

»Klopf«, sagte er und breitete seine Karten auf dem Tisch aus. Er hatte drei Könige, und der Rest zählte sechsundzwanzig. Sundown warf gähnend seine Karten auf den Tisch.

»Ich habe keine Lust. Dieses Klopfrummy tötet einem den Nerv. Spielt allein weiter. Ich sehe mir mal meinen Gaul an.«

»Der ist am Ende. Wenn man sein Pferd so behandelt, darf man sich nicht wundern, daß er schlapp macht.«

Mit zwei schnellen Schritten stand Sundown vor Jim Drago; im Licht der Lampe wirkte sein strähniges Haar wie eine brandrote Flamme. Mit dem Zeigefinger strich er über seine von Sommersprossen ziegelrote Haut.

»Du bist nicht um deine Meinung gefragt, du lausiger Kuhtreiber. Ich möchte wetten, daß du morgen auf meinem Gaul reiten wirst!«

»Die Wette hast du verloren«, erwiderte der verwegene Junge ruhig.

Stearns packte die Karten wieder ein. Auch er hatte keine Lust.

»Streitet euch nicht wieder.«

»Ich lasse mir von diesem Greenhorn keine Vorschriften machen«, fuhr Sundown auf.

»Gut, gut. Du kannst ihm deine Meinung ins Gesicht schreiben, wenn wir in Durango sind.«

»Ich werde sie ihm durch die Rippen blasen!«

»Von mir aus. Halte jetzt Ruhe und warte, bis das Fleisch soweit ist. Und du hältst deinen Mund, Jim. Du weißt doch, wie empfindlich unser Feuerkopf ist. Und davon ganz abgesehen, er hat wirklich eine schnelle Hand.«

»Das habe ich gesehen, als er dem Wächter den Schädel einschlug«, grollte Jim.

Sundown fuhr mit der Hand an den schweren Revolver, der an seiner rechten Hüfte baumelte, seine Lippen zogen sich zusammen, ungefähr wie bei einem Tabakbeutel, wenn die Schnüre festgezogen werden; die Haut um seine Augen bildete zahlreiche, messerscharfe Fältchen.

»Du kannst mir glauben, Logan, dieses blonde Kalb macht mich sehr nervös.« Und ganz plötzlich löste sich die scharfe Starrheit in Sundowns Gesicht, und er grinste den Cowboy breit und gallig an. »Der arme Wächter! Das war übrigens derselbe, der Jesse Holloway eine Kugel in den Rücken schoß, weil Jesse nicht hart genug auf seinen eisernen Schädel geklopft hatte.«

»Du bist ein Raubtier, Sundown.«

»Setz dich jetzt hin, Feuerkopf«, erklang Stearns' scharfe Stimme.

Red Burgess drehte mechanisch den Bratspieß, und schon begann sich ein feiner Duft auszubreiten, dem Burk Paxton genießerisch entgegenschnupperte. »Es stimmt, Jim. Der Vergleich ist nicht schlecht. Wir sind Raubtiere. Deshalb wollte man uns auch hängen. Siehst du, Junge, bei uns gibt es keinen falschen Stolz. Ich bin ein Bandit gewesen, solange ich auf einem Sattel ritt. Ich nehme es keinem übel, wenn er mich jagt und – vorausgesetzt, daß er mich schnappt – baumeln läßt. Erzähle einem Wolf, daß er ein Wolf ist.«

»Er hätte den Mann nicht zu töten brauchen.«

»Nein, das war nicht nötig. Aber es war sicher. Du mit deinen zweiundzwanzig Jahren, was begreifst du schon? Du hast den wilden Mann gespielt, einen Saloon kurz und klein geschlagen und den Leuten die Fensterscheiben zerschossen. Sechs Wochen. Und schon nach einer Woche wirst du verrückt. Du riskierst Kopf und Kragen, um deine vielgepriesene Freiheit zu bekommen. Es hat mir gefallen, wie du gekämpft hast, Jim. Ich hätte dich sonst nicht mitgenommen. Aber was ist das jetzt, die Freiheit? Seit acht Wochen rennst du vor den Aufgeboten davon, daß dir die Zunge zum Halse heraushängt. Und wie wir, so hast auch du auf sie geschossen.«

»Das war etwas anderes!« begehrte der Junge auf.

»Nein!« sagte Stearns hart. »Es ist doch wohl ein Unterschied, ob man zum Tode oder zu sechs Wochen Gefängnis verurteilt ist.«

»Ich brauche ein paar neue Äste«, sagte Red gelangweilt zu Sundown, der in der Tür stand. »Nimm sie von den Kiefern, das Fleisch schmeckt dann besser! Hahaha, nun schau einer unseren unschuldigen Puma an. Du hättest in unserer Comanchenhorde aufwachsen müssen wie ich. Seit mehr als hundert Jahren leben die Comanchen vom Raub. Ich war ein Junge von sechs Jahren, da marterten wir mit den Frauen zusammen die Weißen, die das Pech hatten, daß niemand da war, der Lösegeld für sie zahlte.«

»Mein Vater wurde von diesen Hunden umgebracht«, knirschte Jim.

Red Burgess lachte. Er war nicht empfindlich. So etwas wie eine Ehre kannte er nicht.

»Vielleicht habe ich mitgeholfen, ihn mit rohen Hautschnüren zu peitschen oder ihn nackt durch einen Teppich aus Speerdornen zu wälzen.«

»Hör auf!« fauchte Burk Paxton. »Die Comanchen haben meine Mutter verschleppt.«

»Hahaha – vielleicht bin ich dann sogar dein Bruder! Meine Mutter wurde als junges Mächen aus einem Wagenzug, der auf dem Wege nach Santa Fé war, geraubt. Ich glaube, daß sie blond war. Ich erinnere mich ganz schwach an ihr Gesicht. Mein Vater tötete sie, als Soldaten uns einmal umzingelt hatten.«

»Feine Manieren«, sagte Stearns trocken.

Red zuckte die Schultern.

»Was kann ich dafür? Es war ein wildes Leben, und es hat mir Spaß gemacht. Manchmal blieben wir eine Woche an einem Platz. Manchmal jagten wir einen ganzen Monat auf schäumenden Pferden über die Plains. Meistens ging es um Pferde. Keine Rasse der Welt versteht soviel von Pferden wie die Comanchen. Ich habe mit sämtlichen Sorten von Skalps gespielt, die mein Vater mitbrachte. Da waren grauhaarige von alten Mountain-Männern, braune von jungen Siedlern und langhaarige von Frauen, schwarz, blond, rot. Alles, was es gab. Wenn es ein halbes Dutzend schnelle Pferde zu erbeuten gab, so ritt ein Comanche dafür bis in die Hölle und wieder zurück.«

»Feiges Gesindel sind sie!« preßte Jim durch die Zähne. »Wehrlose Frauen umbringen, Kinder töten und in einer Übermacht von hundert gegen zehn angreifen und davonlaufen, sobald irgendwo Männer auftauchen.«

Red Burgess grinste immer noch, und man sah ihm hinter diesem Grinsen keinerlei Gemütsbewegung an. Stoisch drehte er den Bratspieß.

»Was willst du, Jim, ich bin kein Comanche.«

»Aber auch kein Weißer!«

»Jim, wenn du jetzt sagst, daß ich ein Halfcast bin,

dann schneide ich dir augenblicklich die Kehle durch!« Nichts an Reds starr grinsendem Gesicht veränderte sich, und seine kohlschwarzen Augen schimmerten fast freundlich. Auch seine Stimme war dunkel und voll und ruhig wie immer, doch jeder, der den Halbindianer nun aufmerksam anschaute, sah, wie es tief in seinen schwarzen Augen bernsteingelb funkelte.

Nach diesen sanft gesprochenen Worten senkte sich plötzlich tiefes Schweigen über die Männer, und jeder spürte die gefährliche Wildheit, die in dem sehnigen Manne loderte, der dort am Boden hockte, den Bratspieß drehte und schräg hinauf zu dem großen Jungen schaute.

Logan Stearns preßte die Pfeife, die er inzwischen wieder gestopft hatte, zwischen die Zähne. Mit seinem Bowiemesser schnitt er einen Span von der Tischkante und hielt ihn ins Feuer. Während er den Tabak entzündete, blickte er durch die Flamme zuerst Red, dann den Cowboy an, der mit gespreizten Beinen dastand und die Hand auf den Revolverkolben stützte.

Das Schweigen blieb hart und dauerhaft. Es war, als gebe es nach dieser Drohung nichts mehr zu sagen. Und je mehr Jim Dragos Blick von Burk zu Stearns, von Stearns zu Sundown und von diesem wieder zurück zu Stearns wanderte, desto überzeugter war er, daß es irgend etwas in Reds Charakter gab, das sie alle fürchteten, der hitzige Sundown, der zynische Burk und der eiskalte Stearns.

Red war der gefährlichste von ihnen, weil er unberechenbar war. Man wußte nie, was er dachte oder was er tun würde. Man war nur sicher, daß er grausam wie ein Puma und heimtückisch wie ein Coyote sein konnte. Red Burgess gehörte zu jenen Halbbluten, in denen sich von beiden Rassen fast ausschließlich die Konzentrate der schlechten Eigenschaften niedergeschlagen hatten.

Red war ein Mensch, der nur aus eiskaltem Verstand und tierischen Instinkten bestand. Jede auch nur irgendwie gearteten Gefühlen waren ihm fremd. Die Männer wußten ganz genau, daß er jedem einzelnen von ihnen kaltblütig den Hals durchschneiden würde, wenn er glaubte, daß dies notwendig oder nur vorteilhaft sei. Während sie noch immerhin kurze Zeit zur Überlegung brauchten, ehe sie sich zur Tat entschließen konnten, würde Red instinktiv und augenblicklich handeln.

Das machte ihn allen irgendwie etwas unheimlich. Niemand fand auch nur den geringsten Berührungspunkt zu ihm. Selbst der harte Stearns, der sich in allen Wassern des tiefen Westens den Staub aus den Poren gewaschen hatte und der nur sechsunddreißig Jahre alt geworden war, weil er kalt wie eine Felswand und hart wie ein Flußkiesel war, selbst dieser Mann, für den die ganze Welt aus nichts anderem als aus ihm selbst bestand, hegte ein ständig wachsames Mißtrauen gegen Red.

Jim Drago drängte sich an Sundown vorbei ins Freie und wanderte zum Bach zurück, der lautlos und mit fast unbewegter Oberfläche durch das hohe Gras floß.

Mit gespreizten Händen wischte sich Jim Drago durch den sandblonden Haarschopf und wanderte bis zum Rande der großen Terrasse, die in einem steil abfallenden Geröllhang endete. Tief unten wand sich ein meilenlanger Canyon mit seinen steilen Wänden, die in der Nacht von samtener Schwärze und am Tage von braunroter, glitzernder Farbe waren, durch die San Juan Mountains. Die Luft in dieser Höhe war kristallklar, und Insektenschwärme tanzten wie bewegte Wolken darin. An den Hängen standen Kiefern und Zedern und verströmten jenen frischen harzigen Duft, den Jim so liebte. Und weiter hinten im Westen ragten graugelbe bizarre Klippen aus porphyrhaltigem Sandstein in den Himmel.

Dahinter lag Durango.

Durango, das hieß Freiheit.

Für sie alle.

Für den Mörder Logan Stearns.

Für den Raubmörder Red Burgess.

Für Burk Paxton, der eine vollbesetzte Postkutsche in einen Abgrund gestürzt hatte und dabei einundzwanzig Dollar und sechsundachtzig Cents erbeutete.

Für Sundown Yancey, der einen Sheriff erschossen hatte.

Und für ihn – für Jim Drago, den »wilden Jim«, wie man ihn am Rio Brazos und in den Rinderstädten in Kansas, in Dodge City, in Caldwell, in Hays City, in Newton und Wichita nannte.

Jim stieß ein hartes Lachen aus, das an das Bellen eines wütenden Prärie-Hundes erinnerte.

Er hatte eine Flasche Whisky an den Mund gesetzt und war mit seiner Mannschaft in die Stadt gejagt, daß es wie ein mittleres Erdbeben klang. Tausend Meilen durch Steppe, durch Indianerland. Tausend Meilen Schweiß und Blut und Plage. Und nun eine Stadt mit Whisky und frischen Betten und Mädchen!

Eine ganze Stunde gebärdete sich Jim Drago wie ein Wilder. Er jagte jauchzend auf seinem schnellen Pony durch die Straße, zerschoß im Galopp Laternen und Fenster, ritt mit seinem Pferd in den Saloon hinein, schoß seinen Revolver ab und ließ das Pferd über Tische und Stühle trampeln.

Dann, als der Sheriff mit seinen Gehilfen kam, war es zu Ende, und als er wieder nüchtern war, stand er vor dem Richter.

Sechs Wochen Gefängnis. Sechs Wochen Zwangsarbeit in den Glimmerschieferbrüchen der Las Animas Range.

Sechs Wochen.

Das waren für den freiheitsdurstigen Cowboy sechs Ewigkeiten!

Jim Drago ging zu einem von der Witterung rund geschliffenen Felsblock und ließ sich darauf nieder. In der dünnen Luft war jede einzelne Stimme in der Hütte zu hören.

Burk Paxton fragte:

»Und wenn dieser McGee nicht zu Hause ist?«

»Dann warten wir, bis er kommt.«

Sundown stieß einen meckernden Laut aus.

»Soll eine Tochter haben, der Mann. Wäre gar nicht schlecht, wenn wir auf ihn warten könnten.«

»Sobald wir in Durango sind, müssen wir überlegen, wie wir an Geld kommen.« Das war die metallisch kalte Stimme des Halbindianers.

»Du hast doch gehört, daß Stearns keine Bande haben will. Er ist Einzelgänger«, sagt Burk mürrisch. »Obgleich er weiß, daß er mit uns den Deckel zur Hölle aufstoßen könnte.«

»In dieses Loch stolpert man zu schnell hinein«, meinte Logan Stearns. Wenig später verdunkelte seine hohe Gestalt den Eingang, und er kam auf Jim Drago zu.

»Na, Junge? Du träumst wohl von einer endlosen Sattelplage und vierzig Dollar im Monat.«

»Du kannst dir deinen Spott ersparen. Das ist ein feines Leben.«

»Ich weiß. Sechzehn Stunden am Tage im Sattel.

Tucsonbett und geriebenen Tabak in die Augen, damit sie einem nicht zufallen. Stampeden, Regen, daß man auf der Weide ersäuft, elektrische Stürme, Blizzards und Staub. Mehr Staub, als ein Bison schlucken kann. Und dann einmal im Monat ein frisch bezogenes Bett, eine Flasche Whisky, ein Paket Tabak, Son-of-a-gun-Stew und vielleicht zweimal im Jahr eine Frau im Arm. Ein feines Leben.«

»Laß mich in Ruhe.«

»Du bist ein Narr, Junge.«

»All right. Von mir aus kannst du jetzt gehen.«

Logan Stearns ließ sich neben Jim nieder und holte seine Pfeife hervor.

»Ich habe meinen Tabak liegengelassen.«

Jim reichte ihm seinen Beutel, und Stearns stopfte die Pfeife voll.

»Du bist ein Narr«, wiederholte er.

Stearns stand auf und entzündete die Pfeife. Groß und hager wie ein unterernährter Wolf ragte er gegen den fahlen Nachthimmel auf. Die rote Flamme beleuchtete seine scharflinigen Züge. Das felsenharte Kinn, den schmallippigen Mund, die messerscharfe, gerade Nase und die eckige Stirn.

»Man braucht Geld zum Leben«, paffte er. »Das ist die älteste Weisheit der Menschen. Wenn ich dreißigtausend Dollar habe, mache ich Schluß. Siehst du, Junge, das ist es: man muß Schluß machen können.«

»Fein. Du glaubst gar nicht, wie mich das interessiert.«

»Warte, Jim. Wirf es nicht zu weit weg.«

»Was willst du, Stearns?«

»In Tombstone wächst Geld, wie hier das Gras. Dort liegen täglich tausende Dollars in den Kisten der Postkutschen. Zwei oder drei Überfälle, und die Sache ist erledigt. So ein Überfall ist eine Kleinigkeit.

Aber man muß zu zweit sein, wenn man nichts riskieren will. Einer, der den Kutscher und Begleitmann bewacht, der andere, der das Geld kassiert. Ganz einfach.«

»Dafür ist Sundown der richtige Mann. Der vereinfacht das Risiko automatisch. Der schießt alles über den Haufen, und kein Mensch hat euch gesehen! Laß mich in Ruhe, Stearns.«

»Du willst doch Vieh züchten, nicht wahr? Das will ich auch. Ich verstehe nämlich auch ein bißchen davon. Wie gesagt, dreißigtausend Dollar genügen. Am Tonto Rim soll es billiges Regierungsland geben, mit Wasser, Holz und Gras in rauhen Mengen. Viele Texaner ziehen mit ihren Herden dorthin, weil sie den ewigen Kampf ums Wasser satt haben.«

Jim Drago hüllte sich in verbissenes Stillschweigen und drehte sich eine Zigarette, für die ihm Stearns seinen glühenden Pfeifenkopf hinhielt.

»Du mußt das richtig sehen, Jim. In Tombstone wird Silbererz abgebaut. Nehmen wir zum Beispiel die Contention Mine. Sie verfrachtet das Erz nach Osten. Niemand wird es einfallen, eine Tonne Erz zu stehlen. Aber das Geld, das wird mit den Kutschen transportiert. Die Kutschen sind versichert. Wenn wir uns das Geld nehmen, bekommt die Contention Mine trotzdem ihr Geld. Die Versicherung zahlt. Und diese kalkuliert ihre Prämien schon von Anfang an so hoch, daß jeder Verlust gedeckt ist. Also, wen trifft es? Niemand. Tex O'Keefe hat auf diese Weise mit nur vier Überfällen sechzigtausend Dollar erbeutet.«

»Und ist gehenkt worden! Wir haben zugesehen.«

»Weil er zu den Idioten gehört, die den Hals nicht voll kriegen. Hätte er Schluß gemacht, so wäre . . .«

». . . er auch geschnappt worden. Sie werden alle geschnappt, und das ist verdammt richtig so, wenn du unbedingt meine Meinung hören willst.«

Stearns lächelte.

»Ich mache alles mit, wenn es gerade ist«, sagte Jim. »Warum erzählst du mir das überhaupt? Nimm Kutschen hoch, bis du dein Geld zusammen hast, und laß mich meine vierzig Dollar im Monat verdienen.«

»Hm, du weißt doch, daß Sundown dir das Fell über die Ohren ziehen will, nicht wahr? Er gehört zu denen, die davon, was sie sich vorgenommen haben, nicht abzubringen sind. Er *wird* es dir über die Ohren ziehen, verlaß dich darauf.«

»Ich verlasse mich auf meinen Colt. Und den kann er gern kennenlernen, wenn er so scharf darauf ist.«

»Junge, du hast mehr Lassos als Colts in der Hand gehabt. Bei Sundown ist das genau umgekehrt. Der pustet dich aus, ehe du es überhaupt merkst! Wenn ich neben dir stände, wäre das ein Kinderspiel. Laß dir das durch den Kopf gehen.«

»Das Fleisch ist soweit!« rief Red. Jim stand auf, denn er war hungrig.

II

Das Haus sah aus, als sei es für die Ewigkeit gebaut worden. Seine Wände bestanden aus doppelten Baumstämmen. Die Fenster waren klein und mit wuchtigen Läden versehen. Schuppen, Stall und Schmiede waren genauso. Nur das Futter-Silo bestand aus schenkeldicken Stämmen. Das ganze sah wie eine Festung aus und war in die einzige wind- und sturmgeschützte Felsecke hineingebaut, die es auf diesem Plateau gab.

Die Sonne stand hoch am Himmel, als Logan Stearns aus dem Hohlweg auf die Hochweide einbog, an dem langen Korralzaun vorbeiritt und vor dem Hause aus dem Sattel stieg.

Die anderen warteten im Hohlweg; denn Stearns hatte gesagt, daß man sich für den Fall, daß der Mann nicht zu Hause sei, nicht sehen zu lassen brauchte.

Als Stearns das Haus betreten wollte, prallte er fast mit einem hochgewachsenen Mädchen zusammen.

»Hallo, Miss, das ist doch der Rancho von Patrick McGee, nicht wahr?« Ein freundlicher Blick aus himmelblauen Augen traf ihn.

»Ja, gewiß. Bitte, gehen Sie hinein. Ich werde Ihnen Kaffee aufbrühen.«

»Nein, danke, ich möchte Ihren Vater sprechen.«

»Der repariert einen Weidezaun. Er wird in einer Stunde zurück sein. Sie können mir inzwischen erzählen, was es im Land an Neuigkeiten gibt. Es ist sehr einsam hier oben.«

»Das würde ich gerne tun, Miss . . .«

»Sally.«

»Mein Name ist Stearns, Logan Stearns. Wissen Sie, ich bin in Eile. Ihr Vater bringt doch Leute über den Paß.«

»Oh, Sie wollen doch nicht etwa über den Paß?«

»Doch, genau das. Ist etwas nicht in Ordnung?«

»Es wird Sturm geben. Pa spürt das immer ein paar Tage im voraus. Ich glaube nicht, daß er jetzt über den Paß geht. Das tut er nie, wenn ein Witterungsumschwung bevorsteht.«

Stearns lächelte zuversichtlich.

»Sagen Sie mir, wo ich ihn finden kann.«

»Dort hinten, wo der Felsen, der wie ein Pferdekopf aussieht, aus der Weide ragt. Aber so warten Sie doch, ich . . . der Kaffee . . .«

Aber Stearns saß schon wieder im Sattel und jagte über die Weide.

Patrick McGee war ein wuchtiger Mann mit breiten Schultern und mausgrauen Haaren, die im Winde flatterten. Auf seiner sonnengebräunten, lederartigen Haut perlten Schweißtropfen. Als er den Reiter kommen sah, wischte er sich mit dem Handrücken über die Stirn und beschattete die Augen. Patrick McGee hatte die scharfen Augen eines Mannes, der sein Leben in den Bergen verbracht hatte. Plötzlich, als er Logan Stearns' hageres Gesicht erkannte, zuckte er zusammen und wischte sich über die Augen, als narre ihn eine Sinnestäuschung. Aber Stearns kam rasch näher, und nun riß er sogar noch den Hut vom Kopf, und sein dunkelblondes, von grauen Strähnen durchsetztes Haar wurde sichtbar.

Vier Schritte vor McGee sprang er aus dem Sattel und blieb betroffen stehen, als dieser die Hand herunternahm.

Groß und weit wurden Stearns' pulvergraue Augen, sein Unterkiefer sank herab, und er reckte den Kopf vor.

»Das ist doch wohl nicht möglich«, stieß er hervor. »Mensch, Pat! Paddy Neal!«

Das breite Gesicht McGees straffte sich und wurde hölzern in eisiger Abwehr, und es schien, als ob der Hammer in seiner klobigen Faust zittere, Stearns hatte einen klaren und scharfen Verstand, und er wußte ihn zu gebrauchen.

»Holla, das bist du also: Patrick McGee! Das hätte ich wissen müssen. Mann, mir scheint, du freust dich gar nicht, deinen alten Kumpan aus dem Steinbruch wiederzusehen.«

»Nein, ganz und gar nicht!« murmelte McGee. »Was willst du von mir, Logan? Sage es rasch.«

»Langsam. Ich muß das erst begreifen, daß der Postkutschenräuber Paddy Neal gar nicht Paddy

Neal, sondern der Rancher und Mountain-Mann Patrick McGee ist. Sage bloß, die hübsche kleine Krabbe unten im Haus sei deine Tochter.«

»Das ist sie. Und jetzt sage, was du willst!«

»Yeah, gut. Wir wollen nach Durango.«

»Wir?«

»Alles alte Bekannte. Bis auf den jungen Cowboy. Burk, Sundown und Red.«

»Ihr seid ausgebrochen? Stearns, ich will nichts mit euch zu tun haben. Verstehst du? Ich habe es hinter mir, und das soll so bleiben.«

»Kapiert. Ist vollkommen in Ordnung. Nur, du mußt uns über den Paß bringen. Das ist alles.«

McGee legte den Hammer auf einen Weidezaunpfosten.

»Pat, ich habe dir immer gesagt, daß ich eines Tages ausbrechen, und daß mich dann niemand mehr einfangen würde. Die Sache habe ich ein ganzes Jahr vorbereitet, und sie hat geklappt. Die Posse ist weit hinter uns. Wir müssen über den Paß. Verstehst du, was das heißt?« Eiskalt und ruhig war Stearns' rauhe Stimme, und sein Blick saugte sich an McGees groben Zügen fest. »Du kennst den Weg. Also wirst du uns führen.«

»Verdammt«, zischte McGee wild, »wohin muß man sich denn verkriechen . . .«

»Die Art, wie ein Mann gelebt hat, holt ihn immer wieder ein. Ich habe dir lange Vorträge darüber gehalten. So, und jetzt packe dein Zeug zusammen.« Stearns schaute zu, wie der wuchtige Mann Nägel, Hammer und Zange in der Satteltasche und die Drahtrolle am Sattelhorn verstaute.

»Es hat keinen Zweck, es jetzt zu versuchen. Ein Unwetter kommt. Ich spüre das. Und ich kann mich auf mein Bein verlassen.«

»Wenn ich damals den Felsbrocken nicht so lange gestemmt hätte, bis sie mit den Brechstangen kamen, hättest du es heute nicht mehr.«

»Dafür bin ich dir dankbar«, fauchte McGee, »aber du brauchst mich nicht mehr an diese Zeit zu erinnern.«

»Doch, Pat«, lächelte Stearns, »denn du solltest begreifen, daß du uns über den Paß führen mußt. Hm, du hast also unter einem anderen Namen gesessen.«

»Neal war der Name meiner Mutter«, knurrte der große Ire.

»Gut, gut. Und was hast du deinem Mädel gesagt?«

»Daß ich in Kanada gewesen wäre.«

»Zweieinhalb Jahre? Na, gut. Deine Sache. Übrigens ein schönes Stück Land. Gute Weide, feine Luft. Ein bißchen einsam, findest du nicht?«

»Wir fühlen uns hier wohl.«

Stearns nickte.

»Wie kommt es, daß du der einzige bist, der den Paß so gut kennt?«

»Ich bin in diesem Hause geboren worden. Mein Vater war Trapper.«

»Hoho, dann bist du nicht sehr verwöhnt worden. Well, Pat, wir haben es also geschafft. Siehst du, so ist es, wenn ein Mann sich etwas vornimmt. Die Kerle, die Logan Stearns zwanzig Jahre einsperren können, müssen noch geboren werden.«

»Ich denke, Sundown sollte gehenkt werden?«

»Es wurde aufgeschoben. Aber wenn er nicht dabei gewesen wäre, hätten sie ihn zwei Tage später hochgezogen. Sie hatten gerade damit begonnen, das Gerüst zu bauen. Du hättest den Feuerkopf sehen müssen! Wie ein gereizter Tiger ist er durch seinen Käfig geschlichen.«

»Und wie viele habt ihr umgebracht, um rauszukommen?« preßte McGee hervor.

»Wie das klingt: umgebracht! Es waren vier Wächter da. Und wir brauchten einen gewissen Vorsprung.«

Stearns warf einen Arm hoch.

»Also alle vier.«

Stearns nickte gleichmütig.

»Natürlich. Alle vier. Aber damit brauchte ich mir nicht die Finger schmutzig zu machen. Das haben Sundown und Red erledigt. Für Sundown war es ein Vergnügen, für Red etwas, wie ein anderer einen Apfel zerschneidet.« In Stearns graue Augen kam ein Lauern. »Pat, du möchtest doch nicht, daß deine Tochter erfährt, wo Kanada liegt, eh?«

McGee warf den Kopf herum. Seine grübelnden Augen blitzten.

»Ich sage das nur, damit du begreifst, daß es keinen Sinn hat, Ausflüchte zu suchen.« Plötzlich hielt Stearns seinen großen Colt in der Hand und wirbelte ihn mit unnachahmlicher Geschicklichkeit um den Zeigefinger. Vorwärts und zurück. Einen Augenblick schaute McGee in die kleine kreisrunde Mündung, dann steckte Stearns den Revolver wieder zurück.

»Wir haben uns natürlich schon am nächsten Morgen nach der Flucht neu ausstaffiert. Der Mann hatte einen Store mitten in der Prärie. Unvernünftiger Mensch. Die paar Sachen waren ihm wichtiger als sein Leben.«

»Den also auch. Was denkst du dir dabei eigentlich, wenn du einen Mann nach dem anderen umbringst? Einmal für Geld, dann für ein Pferd oder Lebensmittel.«

Stearns zuckte die Schultern und blieb kalt und spröde, wie er immer war.

»Das ist eine Kette ohne Ende, Pat. Wenn du einmal einen Mann mit deiner Kugel im Leibe zusammenbrechen gesehen hast, so wird das immer wieder geschehen. Auch, wenn du gar keinen Spaß daran hast. Ich bin kein Killer. Von mir aus kann jeder so lange leben, wie er Lust hat.« Seine harten grauen Augen bohrten sich in McGee. »Wenn ein Wolf Gras frißt, geht er ein wie ein billiger Kaktus. Ich würde jeden Mann, der uns zu hindern versucht oder der seine Hilfe ablehnt, erschießen, Pat. Auch dich!«

Daran zweifelte McGee keinen Augenblick.

»Ich werde euch rüberbringen«, murmelte er.

»Na also! Und ich werde dafür sorgen, daß dich deine Tochter lebend wiedersieht. Nur, du wirst uns ein paar Tage begleiten müssen.«

»Das geht nicht«, fuhr McGee auf. »Ich kann Sally nicht so lange in der Einsamkeit allein lassen.«

Stearns spreizte die rechte Hand, als lasse er etwas fallen.

»Pshaw! Einsamkeit. Die hast du ihr ausgesucht, nicht ich. Wir müssen sichergehen, daß die Posse uns nicht so schnell folgen kann. Ich kann dir im Vertrauen sagen, daß es bereits beschlossene Sache war, daß Sundown den einzigen Mann, der die Wege über die Berge kennt, nun ja . . .« Stearns deutete mit dem Zeigefinger einen Revolverlauf an und zog mit dem Mittelfinger einen unsichtbaren Stecher durch. »Was willst du, Pat? Für Männer, auf die der Strick wartet, gibt es nur eins: Sicherheit.«

»Warum haben sie euch nicht sofort gehenkt!« knurrte McGee.

»Yeah, richtig. Dein Pech, Pat. Da sind wir. Du machst dich bereit, und wir erwarten dich dort oben bei den Fichten.«

»Es wird ein Unwetter geben, bevor . . .«

»Möglich, aber ob Unwetter oder nicht, wir müssen über den Paß, und zwar sofort. Wie lange brauchen wir?«

»Das kommt darauf an.«

»Worauf kommt es an?«

»Diese Berge sind wie ein alter Baukasten. Überall hängen und stehen lose Brocken herum, die der kleinste Sturm löst. Oder der Regen wäscht sie weg. Es gibt viele Wege, aber die meisten sind ständig von herabgestürzten Brocken und entwurzelten Bäumen blockiert.«

»Gut, gut. Das ist deine Sache. Beeile dich.«

Patrick McGee zügelte sein Pferd.

»Logan«, meinte er schwer, »ich sage es noch einmal: es wird ein Unwetter kommen! Innerhalb der nächsten zwölf Stunden. Und dann sind wir mitten in den Bergen. Die Chance, lebend herauszukommen, ist noch nicht einmal eins zu hundert!«

Aufmerksam sah Stearns ihn an und überlegte scharf. Dabei wandte er den Kopf und schaute in die zerrissenen Klippen und Hänge der rostbraunen Berge, die sich, mit Fichten und Krüppelkieferhängen bedeckt, vor ihm in den Himmel reckten.

Dann musterte Stearns den Himmel, soweit er sichtbar war. Kein Wölkchen war zu sehen. In der lauten Luft summten Insektenschwärme, und die Sonne stand als grell lodernder weißer, hitzeschleudernder Kern in der gleißenden Bläue.

»Wir werden reiten«, sagte er.

»Es ist kein Bluff. Ich habe gesagt, daß ich euch rüberbringe. Dann tue ich es auch. Aber ich habe keine Lust, wegen euch draufzugehen.«

»Eben, und deshalb wirst du in zehn Minuten bei den Fichten sein! Und, Pat, laß deine Waffen liegen. Die brauchst du nicht.«

In kurzem Trab bewegte sich Stearns auf den Hohlweg zu, und Patrick McGee wischte sich über die Augen.

Er war ein Mann, der die Kraft eines Büffels besaß und genügend Selbstvertrauen, jederzeit einen Kampf mit einem halben Dutzend Männer aufzunehmen. Aber McGee wußte ganz genau, daß es gegen den Willen dieser Bande von Totschlägern keine wirksame Gegenwehr gab. Sie würden ihn umbringen, kaltblütig und ebenso rasch wie gründlich. Und dann war da das Mädchen.

Ich muß an Sally denken, sagte sich McGee. Stearns würde eine Frau vielleicht in Ruhe lassen, niemals aber Sundown Yancey oder gar dieser schlitzäugige Comanche, vor dessen roher Wildheit sich selbst die schwerbewaffneten Wächter des Staatsgefängnisses gefürchtet hatten. Ich bin in einer Zwangslage. Mit Sally können sie mich zu allem zwingen. Dann keinen von ihnen erst ins Haus lassen und gleich in die Berge mit ihnen. Wenn das Unwetter kam, würde es tausend Gelegenheiten für ihn als erfahrenen Mountain-Mann geben, ihm zu entkommen. Die Banditen aber waren rettungslos verloren. Ihre Gebeine würden irgendwo in einer dunklen Spalte vermodern, ohne daß jemals jemand erfahren würde, wo sie geblieben waren. Denn das nahm sich Patrick McGee in diesem Augenblick vor: Die Vergangenheit war nun wieder auferstanden. Er mußte sie ein für alle Male begraben. Sally glaubte an ihn, und er hatte seinen Frieden wieder. Für diesen Frieden würde er kämpfen.

Aber was geschah, wenn man erfuhr, daß er die Mordbande über den Paß in Sicherheit gebracht hatte? Sie würden ihn wieder festnehmen. Sie nannten das Beihilfe, und niemand dachte daran, daß es manchmal für einen Mann schwer war, sich den Frieden zu erhalten.

Patrick McGee band sein Pferd an den Zügelholm und ging ins Haus.

III

Im Abendlicht hatten die Berge eine blasse Veilchenfarbe, die sich von dem Grunde ihrer tiefblauen Fundamente über den ganzen Himmel zu verbreiten schien. Wie eine schiefgedrückte Zitrone tauchte der Mond über den östlichen Kämmen auf.

Plötzlich hielt Patrick McGee sein Pferd an und deutete auf eine Wolkenbank am westlichen Horizont.

»Und?« fragte Stearns, und er stopfte seine Pfeife.

»Seht euch um«, sagte McGee, und als sie es taten, wußten sie ganz genau, was er meinte. Zu ihrer Rechten wuchtete ein schräger Hang hoch, der aus porösem, verwitterten Gestein bestand. Überall lagen riesengroße Brocken umher, und man sah, daß bei manchen viele Tonnen schweren Brocken die Kraft eines Knaben ausgereicht hätte, ihn auf sie hinabzustürzen. Links vom Weg, der knapp drei Pferdelängen breit war, fiel es tief in eine bodenlos schwarze Schlucht ab. Die Felsen waren mit einer morschen Schicht zermahlenen und fast staubigen Gesteins bedeckt. Darauf wuchsen Farn und Moos. Und dort, wo sich in Spalten und Rissen noch Humus befand, ragten schwere Fichtenstämme hervor.

Das ganze sah aus wie das unaufgeräumte Spielzimmer eines Riesen. Wenn der Sturm erst einmal über dieses von der Witterung zernagte graubraune Chaos heulte, so würde sich hier keine Maus mehr sicher fühlen.

Noch bevor Stearns seine Pfeife in Brand gesetzt hatte, kühlte ein frischer Wind sein Gesicht, und die Sterne waren nicht mehr sichtbar.

Mit unheimlicher Geschwindigkeit breitete sich die Wolkenbank aus, wuchs wie ein graues, drohendes Untier am Himmel hoch, und immer schärfer wurde der Wind.

Stearns schaute McGee an.

»Ich habe gedacht, du hättest geblufft«, sagte er, und er hielt das Streichholz über den Pfeifenkopf, bis die aufleuchtende Glut seine Züge schimmernd rot beleuchtete.

»Das bißchen Wind«, maulte Burk. »Weiter!«

McGee saß steif wie eine Statue im Sattel und wartete, während Stearns sich im Sattel umwandte und mit scharfen Augen um sich blickte. Eine urplötzliche Windböe enthob ihn jedes weiteren Gedanken. Es war eine Böe, die wie ein Degenstoß in den Felsgeröllhang hineinfuhr. Augenblicklich ertönte ganz oben ein mahlendes Knirschen und Schaben und ein langgezogener Laut, der an tierisches Röcheln erinnerte. Dann schrie Jim auf und deutete auf einen riesenhaften Block, der sich langsam vornüberneigte.

»Zurück!« brüllte McGee. Er riß sein Pferd herum und jagte zurück. Mit urweltlichem Krachen und Mahlen polterte der Block nun, immer schneller werdend, herunter. Gleichzeitig löste er eine Lawine aus, die nicht nur mit infernalischem Getöse herabstürzte, sondern den halben Berg aus allen Fugen zu reißen schien. Bäume neigten sich oder wurden wie von Riesenfäusten aus der Verankerung geschmettert. Die Luft war plötzlich in eine riesenhaft aufwachsende graue Staubschicht gehüllt, in der es splitterte, krachte, malmte, polterte und bebte.

Die Männer rissen ihre Pferde herum und jagten

zurück. Wenig später erreichten sie eine Art Mesa, die aus einem nur ganz leicht abfallenden, glatten Plateau bestand.

Hinter ihnen zitterte der Berg, mit johlenden Zischlauten zersprangen kleinere Brocken beim Aufprall, schwerere barsten irgendwo in unergründlichen Spalten mit trockenem Knall auseinander, und dann folgte ein langsam verebbendes Rieseln und Knattern.

Burk Paxton war der Letzte. Sein Pferd zog die beiden Hinterbeine nach und keuchte vor Schmerz. Burk hing an seinem Hals, und in der rasch den Tag ablösenden Dämmerung sah man den breiten Blutstrom, der aus seinen Haaren quoll und ihm Gesicht und Nacken netzte.

Sundown fing Burk, als dieser aus dem Sattel sank, fluchend auf und bettete ihn auf den Boden.

Auch Stearns sprang ab und merkte, daß sich der Wind von Sekunde steigerte. Mit einem raschen Blick hatte er erkannt, daß Burks Schädeldecke arg aussah. Er lief zu seinem Pferd zurück, und schwang sich in den Sattel.

»Vorwärts, wir müssen zum Haus zurück.«

»Und Burk?« rief Jim.

»Der hat Pech gehabt. Laßt ihn liegen!« Stearns jagte schon davon, und Red und Sundown folgten ihm.

McGee beugte sich über Burk.

Der sah, von Jim aufgerichtet, die Flucht seiner Kumpane und stöhnte: »Schweine! Elende Schweine!«

»Du hättest es genau wie sie gemacht; denn du bist nicht besser«, knurrte McGee und hob den schweren Mann wie ein Kind auf. »Los, halt ihn fest, Jim, wir müssen uns beeilen. Da vorn ist bald die Hölle los.«

Jim hielt den stöhnenden Burk fest, bis McGee im Sattel saß, und ihn zu sich heraufhob.

»Bleibe dicht hinter mir und achte auf die Umgebung. Warne mich sofort, wenn du etwas siehst. Ich muß auf den Weg achten!«

Der Ire gab seinem Pferd die Sporen. Das berggewohnte Tier schien die Gefahren genau zu kennen. Es lief, was seine Beine hergaben. Jim Drago hatte Mühe, ihm zu folgen.

Mindestens zehnmal entgingen sie um Haaresbreite dem Erschlagenwerden. Dann erreichten sie, die Pferde schaumbedeckt und keuchend, die Männer schweißnaß bis in die Stiefel hinein, das Haus. Der Himmel war nun zum undurchsichtigen Sack geworden, der sich über die Berge stülpte. Und in diesem Sack roch es nach Steinstaub, Schwefel und frischem Harz. Der Wind war zum Sturm geworden, und noch ehe Jim den Verwundeten ins Haus, ehe noch McGee die Pferde versorgt hatte, wurde der Sturm zum Orkan und der Orkan zu einem blitzenden, krachenden Inferno.

Der wuchtige Ire brauchte seine ganze Kraft, um die schweren Läden vorzulegen. Dann stand er in dem großen Wohnraum, der vom hellen Licht einer großen Kerosinlampe, die leise hin und her schaukelte, erhellt war.

Logan Stearns hockte auf einem Schemel dicht am Kaminfeuer und nuggelte gleichmütig an seiner Pfeife. McGee trug Burk ins Nebenzimmer, dessen Tür ihm das Mädchen rasch geöffnet hatte.

»Die Mühe hätte er sich sparen können«, sagte Red. »Burk geht drauf. Seine Schädeldecke ist gebrochen. Wenn sie nicht durchschlagen ist.«

»Warum hast du nicht auf ihn gehört?« murrte Sundown Stearns gereizt an.

»Weil ich es für einen Bluff hielt. Im übrigen, Jungens: wir brauchen ihn nötiger noch als unseren Atem. Also verhaltet euch ruhig und laßt das Mädel nichts merken.«

Red trat an einen Kleiderhaken, an dem McGees Revolvergurt hing, und entfernte mit geübten Händen die Patronen aus dem Colt. Dasselbe tat er mit einem Winchestergewehr über der Tür und einer Sharpsrifle, von deren Schloß er lediglich das Zündhütchen abnahm und ins Feuer warf, wo es mit einem dünnen spitzen Knall und blauer Flamme explodierte. In einer Ecke lehnte eine doppelläufige Parkerschrotflinte und eine Hawkens Gebirgsbüchse. Beide geladen und entsichert.

Kopfschüttelnd steckte Red die Patronen ein.

»Wozu ein ehrlicher Mann so viele Waffen braucht.«

Sundown stieß ein meckerndes Lachen aus.

»Um sein Prinzeßchen zu beschützen – hehehe. Na, Mädchen, wo fehlt's denn?«

Sally kam erst jetzt dazu, die Physiognomien der Männer, die da so plötzlich ins Haus gestürmt waren, zu studieren. Als sie Stearns erkannte, zogen sich ihre Augenbrauen zusammen, und als der brennende Blick von Sundown sie traf, schoß ihr jähe Röte ins Gesicht. Als sie vor diesem Blick zurückwich, stieß sie gegen Red, der sich so katzenhaft lautlos bewegte, daß man ihn niemals hörte.

»Ich – ch, brauche – Wasser!« stotterte Sally, und sie starte wie gelähmt in die kohlschwarzen Schlitzaugen, sah den brutalen Mund mit den dünnen Lippen und der Reihe schneeweißer großer Zähne darin.

»Erschrecke sie nicht«. Stearns' rauhe Stimme kam vom Feuer her. »Das ist Sundown, Red und Jim. Bis der Sturm zu Ende ist, werden wir hierbleiben. Wie geht es dem da drinnen?«

»Nicht gut.« Sally wandte sich der Küche zu, doch Jim kam ihr zuvor.

»Warten Sie, ich werde das tun.«

Sally schaute in sein hageres, braunes Jungengesicht, und ihre Züge entspannten sich.

»Danke. Nehmen Sie die Schüssel und halten Sie sie fest.« Sally goß Wasser in die Schüssel, und Jim brachte sie ins Nebenzimmer, in dem Burk auf dem Tisch lag und von Patrick McGee verarztet wurde.

»Nun?« fragte Jim. Hinter ihm trat Stearns in den Raum.

»Es sieht böse aus. Ich muß ihm die Haare abschneiden und versuchen, alle Knochensplitter herauszunehmen.«

»Warum diese Umstände?« sagte Stearns. »Siehst du denn nicht, daß es keinen Sinn hat? Burk hat's erwischt. Wenn es soweit ist, sieht man es einem Mann an der Nase an. Schau seine Nase an. Sie ist scharfgratig und so komisch spitz geworden. Das ist ein untrügliches Zeichen. Und wenn er die Augen noch einmal aufmacht, so kannst du es noch besser sehen. Wie lange dauert so ein Sturm?«

»Eine Stunde – einen Tag – eine Woche!« McGee zuckte die Schultern. »Das ist ganz verschieden.«

Burk kam zu sich und begann zu stöhnen.

»Oh, diese Schmerzen!« Seine Augen waren glanzlos und matt, und er brauchte eine Zeit, ehe er McGee gefunden hatte, der sich sofort über ihn beugte. »Wie – wie . . .«

»Wir wollen dir nichts vormachen, Burk!« Stearns' kalte Stimme schnitt wie ein Rasiermesser durch den Raum. »Dein Schädel ist kaputt. Wenn du dir viel Qual ersparen willst, so werde ich dir meinen Revolver geben. Du brauchst es nur zu sagen.«

Ganz groß und weit starrten Burks Augen den großen Mann an, und jedes einzelne seiner Worte schien wie eine Brandfackel in sein Bewußtsein zu fallen. Er öffnete den Mund. Er brachte aber keinen Ton heraus, sondern nur ein lautloses Würgen. Dann bemerkte er McGee und jetzt das Mädchen, das ihn groß und ernst ansah. Als hinter Sallys Kopf Jim sichtbar wurde, hörte man Burk sagen: » Jim – Jim, komm her – komm her!«

Jim beugte sich über ihn.

»Siehst du, Jim«, hauchte Burk mühsam, immer wieder von Würgen unterbrochen. »Siehst du – so – ist das.«

Stearns' scharfes Gehör hatte jedes Wort verstanden.

»Yeah, Jim, so ist das bei uns. Sobald ein Mann Pech hat, wird er abgeschrieben. Wenn ich dort läge, hättest du mich auch abgeschrieben. Also wozu diese Sentimentalitäten! Ich habe dir meinen Revolver angeboten, Burk. Wenn du ihn brauchst, laß es mich wissen.« Stearns ging in den Wohnraum zurück. Dort stand Sundown vor einer schweren Kommode und hielt eine Flasche an den Hals.

Als er sie halb leer getrunken hatte, stellte er sie auf den Tisch, und Red nahm einen kurzen Schluck. Sundown wischte sich mit dem Handrücken den Mund ab.

»Ah, das Zeug ist dünn wie die Waden einer alten Jungfer. Weißt du, was ich jetzt möchte, Logan? Einen vernünftigen roten Whisky oder gelben Maisbranntwein. Das macht den Rachen sauber. Dieses labbrige Zeug . . .«

»Dann laß doch dieses labbrige Zeug stehen!« knurrte Stearns ihn an. »Es fehlt gerade noch, daß du dich jetzt betrinkst. Aber das sage ich dir: wenn du Umstände machst, mußt du sehen, wo du bleibst!«

Sundown spürte, wie der ungewohnte Alkohol sein Blut erhitzte. Sein Nacken begann feuerrot zu werden, und das Weiße in seinen Augen rötete sich ebenfalls langsam.

»Du meinst wohl, ohne den rauhen Stearns ist jeder Mann verloren, hey?«

»Was ich meine, ist meine Sache. Betrink dich oder laß es bleiben! Keine halbe Sekunde wirst du mich aufhalten, wenn es losgeht, verstanden?«

»Hahaha – keine halbe Sekunde. Hast du das gehört, Reddy? Unser Logan Stearns ist ein verdammt harter Bursche, nicht wahr? Sobald etwas nicht nach seinem Willen geschieht, läßt er einen hängen.« Plötzlich begann Sundown zu brüllen: »Ich komme auch ohne Logan Stearns nach Durango! Sundown Feuerkopf braucht keine Amme! Und wenn ich in Durango bin, dann nehme ich die Welt wie eine Katze beim Schwanz und schwinge sie herum! Hahaha – hast du gehört, Logan? Herum schwinge ich sie!«

Mit einem Krach fiel Sundown in einen Stuhl zurück und fuhr im gleichen Augenblick wie von einer Tarantel gestochen wieder hoch. Auch Stearns sprang auf die Füße, und Red wuchs unhörbar und kerzengerade auf wie ein Gummimännchen, in das man rasch Luft bläst.

Ein fauchender Windzug jaulte ins Haus. In der offenen Tür stand ein sturmzerzauster Mann, der den Hut so tief in sein Gesicht gezogen hatte, daß man dicht unter dem Rand seine zusammengekniffenen Augen sehen konnte. Dieser Mann war etwa mittelgroß, und er trug eine schwere Lederjacke, die sich jetzt, als er mit einer Kraftanstrengung die Tür zuzog, öffnete.

Sundown sah nur den blitzenden Messingstern auf dem hellgrünen Hemd des Mannes. Er zog einen Revolver, richtete ihn langsam gegen diesen Stern und bleckte seine Zähne.

Als der Mann sich keuchend gegen die Tür lehnte, und den Revolver auf sich gerichtet sah, warf er den Kopf hoch.

»Sind Sie allein?« fragte Sundown.

»Ja, sicher bin ich das. Was soll denn dieser . . .«

»Er ist allein!« Das sagte Sundown über die Schulter zu Stearns, und nun schaute er dem Sheriff in das vom scharfen Sturm gerötete Gesicht. »Das ist gut, Sheriff! Sehr gut ist das!«

Und in diesem Augenblick schoß Sundown mit der kalten Ruhe und Bedächtigkeit eines Mannes, der auf eine Konservenbüchse schießt. Die schwere Kugel traf den Sheriff mitten in die Brust. Und noch einmal schoß der Sträfling. Und wieder wurde der Sheriff in die Brust getroffen.

»Das ist . . . das ist . . .« gurgelte der Getroffene, löste sich von der Wand und stürzte dem in den Raum rennenden McGee vor die Füße.

»Allmächtiger! James Barker! – Sheriff!« Langsam hob er den Kopf, und in seinen Augen brannte jäher Zorn. »Du Schwein! Du Mörder!«

Mit gespreizten Fäusten stürzte er auf den kalt lächelnden Sundown zu, doch da schnitt Stearns' Organ scharf durch den Raum:

»Pat! Bleib stehen!«

»Keine Sorge«, sagte, Sundown, und er hieb dem heranstürmenden McGee den Revolverlauf quer über den Kopf, daß der Ire wie ein gefällter Baum auf der Stelle zusammenbrach.

Mit einem wilden Aufschrei warf sich das Mädchen über ihren Vater, sah das Blut über sein Gesicht strömen und stürzte sich auf Sundown, der seinen Revolver seelenruhig wieder ins Halfter gesteckt hatte und sie mit seinen muskulösen Händen abfing, ihre Handgelenke umklammerte und von sich weg hielt.

»Sie jämmerlicher Bandit! Sie Lump!« schrie das Mädchen und spuckte Sundown ins Gesicht. Da packte Stearns' harte Faust den Banditen am Kragen und riß ihn mit einem wuchtigen Ruck so fest zurück, daß der Hemdkragen bis an den Hosengurt riß und Sundown fast ins Kaminfeuer gestürzt wäre. Red fing ihn auf und hielt ihn fest. Rasch stand Stearns zwischen Sundown und dem Mädchen. Über dessen Schultern warf er einen kurzen Blick zu Jim hinüber, der im Türrahmen stand, feuerrot im Gesicht war und ihn mit zusammengepreßten Lippen anstarrte.

»Kümmern Sie sich jetzt um Ihren Vater. Es ist nur eine kleine Verletzung.«

Mit einem wilden Ruck trat Sally zurück.

»Was seid ihr nur für Menschen! Menschen? Bestien seid ihr! Blutrünstige wilde Bestien!»

»Das kann ungefähr stimmen. Aber trotzdem ist es nicht klug, daß Sie es uns sagen. Diese beiden Jungen sind nicht so ruhig wie ich. Da, bitte, der gute Pat regt sich ja wieder! Er hat einen Schädel aus Eisen. Steh auf, Pat! Dem Sheriff hilft es nichts mehr, daß du mit dem Gebiß mahlst.«

»Das war Mord!« keuchte McGee. Er griff an den Kopf und betrachtete das Blut an seinen Fingern. »Heimtückischer, feiger Mord!«

Logan Stearns warf einen kurzen Blick auf das breite Antlitz des Sheriffs, aus dem nun langsam die rote Farbe wich und wächserner Blässe Platz machte. Wie gebannt schaute Jim in dieses Gesicht, zu dem sich nun der blutende McGee niederbeugte und ganz leise, fast zärtlich fragte:

»James? – Mein Gott, James, kannst du mich hören?«

Während das Blut des Mannes unaufhörlich seine Kleidung netzte, öffnete er die Augen, und Jim schaute in die blauesten Augen, die er jemals gesehen hatte. Wie tiefes, klares, ruhiges Wasser waren sie. Und sie fielen zuerst auf ihn. Noch nie hatten den Jungen solch blaue Augen in einem derartigen Ausdruck von duldsamem Weh angesehen. Eine Welle des Zorns packte ihn. Er wollte etwas tun. Er wollte sich auf Sundown stürzen, der da drüben an der Wand lehnte und die Flasche an den Mund legte. Jim wollte dem Banne dieser blauen Augen entweichen, doch er vermochte sich nicht zu rühren. Das einzige, was ihm gelang, war daß er die Lippen ganz fest zusammenpreßte, daß sie zitterten.

»James, – ich. – Es tut mir leid, – in meinem Haus. – James, hat du Schmerzen?« Das kam aus der mächtigen Brust des Mountain-Mannes heraus wie aus einer hölzernen Kiste.

»Nein, nein, Pat. Ich spüre gar nichts – ich glaube . . .«

»Sheriff, Sie sollten nicht sterben, ohne zu wissen, warum!« Das war die gefühllose und sachliche Stimme von Stearns. Logan Stearns stellte sich so, daß der Sterbende ihn sehen konnte. Ganz genau. Von den Stiefeln über die muskulösen Beine und den breiten Waffengurt bis zu seinem unbeweglich starren Gesicht, in dem die Augen wie geschliffene Steine glänzten. »Wir sind aus dem Gefängnis ausgebrochen. Auf uns wartet der Galgen. Dieser Mann führt uns über den Paß. Sundown hat sie zwar etwas voreilig erschossen, aber es wäre auf dasselbe herausgekommen. Wir können uns nicht erlauben, einen Sheriff am Leben zu lassen. Von mir aus hätten Sie leben können. Mir liegt nichts an Ihrer Haut.«

»Wer – sind Sie?« fragte der Sheriff leise und schwer atmend, und weiter floß das Blut aus seinem Leib in die Kleidung und färbte sie naß und rot.

»Logan Stearns!«

»Ah, ich weiß. – Ihre Steckbriefe kamen vor vier Tagen mit der Post. Ich – ich habe mich – noch – mit Baldwin darüber unterhalten. Ich – glaubte nicht, daß Sie so weit kommen würden. Ich – habe eine – Wette verloren, Stearns?«

»Yeah, Sheriff?«

»Sie – werden – nicht – über den – Paß – kommen.»

Red Burgess schob sich neben Stearns und blickte mit seinen schwarzen Augen auf den sterbenden Mann nieder. Das Licht der Lampe fiel so voll auf sein braunrotes Gesicht, daß man jede winzige Falte darin sehen konnte.

Draußen heulte der Sturm um das Haus wie ein hungriger Hund. Aber durch die dicken Wände war das Inferno nur so gedämpft zu hören, als fände es tief unten in der Erde statt.

»Wir werden über den Paß kommen, Sheriff!« sagte Red. »Machen Sie sich darum keine Sorgen.«

Das Mädchen hatte Verbandszeug herbeigeholt. Es war niedergekniet und zerschnitt nun mit einer Schere Hemd und Unterwäsche des Sheriffs.

»Danke, Sally – danke. Laß das, es hat – keinen Sinn. Ich spüre, daß er gut – getroffen – hat.«

»Sheriff«, würgte Sally unterdrückt und starrte den Mann hilflos an.

»Laß nur – Sally – jeden Mann trifft – es einmal. Ich habe lange – dafür gebraucht. Pat?«

Der Ire beugte sich über ihn. Logan Stearns fuhr Sundown scharf an, daß er die Flasche hinstellen solle, und Sundown tat es mit einem widerwilligen Grinsen. Er zog den Revolver und erneuerte die zwei abgeschossenen Patronen. In Jim Dragos Kopf wirbelte alles bunt durcheinander. Im Nebenraum stöhnte Burk und starb, und Jim empfand so etwas wie wütende Genugtuung darüber. Sundown rülpste laut, stieß den Revolver ins Halfter zurück und strich mit dem Zeigefinger über einen Bord mit weißen Emailletöpfen, in denen sich getrocknete Kräuter befanden. Der Halbindianer kratzte mit seinem rechten Sporen über das Tischbein, und Stearns stand da mit auf der Brust gekreuzten Armen und schaute auf den todwunden Mann herab, der mit den letzten Atemzügen kämpfte.

Da war der wuchtige Ire mit seinen groben Gesichtszügen und dem Zorn, der ihn wie eine körperlich spürbare zweite Haut umgab, das Mädchen mit dem weichen braunen Haar und der sanften Stimme. Und da war er selber. Und draußen heulte und jaulte und riß und polterte und krachte es, als sei die Hölle losgelassen. Und dennoch verstand man jeden geflüsterten Laut im Raum. Man hörte sogar das feine Summen des Wassers im Kessel, den Sally auf das Herdfeuer gestellt hatte.

»O Himmel!« stöhnte Burk, und Jim hörte ihn dieses Wort zum ersten Mal sagen. »O Himmel! O Himmel!«

Der Sheriff sprach hastig, keuchend, abgerissen, und er beeilte sich, weil er wußte, daß er keine Zeit mehr hatte. Jim hörte es, und jedes einzelne Wort glitt an seiner Erregung ab, wie Wassertropfen an einer Ölhaut.

»Pat, du – du wirst sie nicht über den Paß bringen. Hörst du, Pat?«

»Sie zwingen mich. Was soll ich machen? Sie schießen mich einfach nieder. Und Sally, James, denke an sie…«

James Barker schüttelte den Kopf.

»Ohne dich sind sie verloren – das wissen sie – deshalb werden sie nicht – ich meine, du bist im Vorteil – Pat, nimm mir den Stern ab.«

McGee tat es und hielt das zackige Stück Messingblech, auf dem

»Marshal – Conejos – Colorado«

stand, in der offenen Hand.

»Hast du eine Bibel, Pat?«

Der Ire nickte.

Es gab keinen Iren im Land, der nicht eine Bibel besaß.

»Sally, hole die Bibel.«

»Was soll der Quatsch?« fragte Red, mehr neugierig als beeindruckt.

Das Mädchen brachte die Bibel.

»Gib sie deinem Vater – danke – und nun leg die Hand – auf die Bibel und – sprich mir nach.«

»Das kann ich nicht, James«, stieß McGee mit einem raschen Seitenblick zu seiner Tochter hervor, und Red lachte glucksend in sich hinein..

»Nun sieh dir mal das rührende Bild an. Der ehema…«

Ein heftiger Rippenstoß von Stearns brachte ihn zum Schweigen.

»Laß sie«, sagte Stearns ruhig. »Tu was er sagt, Pat. Er will dich zu seinem Nachfolger machen. Du wirst Marshal, Patrick McGee! Sprich ihm nach, so rasch wirst du nie wieder Marshal.«

Der Ire hob den Kopf und funkelte den salzigen Virginier haßvoll an. Und Logan Stearns nickte mit einer Freundlichkeit, die so bitter wie Galle war.

»Das kann ich nicht, James!« sagte McGee, während er starr Stearns anblickte.

»Pat, los – beeile dich – ich – habe nicht mehr viel Zeit – ich weiß, daß du – daß du ...«

»James!«

»Was meint er, Pa?«

James Barker schüttelte den Kopf und lächelte dem Iren mit glanzlosen, kleinen Augen zu. »Ich habe es immer gewußt, Pat, aber wenn – du – es endgültig und für immer loswerden – willst, so mußt du jetzt den – Stern nehmen!«

»Siehst du denn nicht, daß es zu Ende geht mit ihm!« schnarrte Stearns. »Nun los, tue ihm seinen Gefallen schon! Werde Marshal! Sundown! Sperre deine ungewaschenen Ohren auf! Hier kannst du hören, wie einer zum Marshal befördert wird.«

Man hörte, wie der Zahnschmelz in McGees Mund knirschte.

»Ich bin bereit, James!« stieß er hervor.

Mit stockender Stimme sagte ihm der Marshal den Amtseid vor, und Patrick McGee sprach ihn nach. Dann heftete James Barker ihm mit einer letzten Kraftanstrengung den Stern ans Hemd und seufzte tief.

»Sundown! Die Flasche!« befahl Stearns. »Gib ihm zu trinken, damit er nicht zu schlecht von dir denkt, wenn er an die Tür seines himmlischen Vorgesetzten klopft.«

Sundown Yancey pfiff durch die Zähne, er faßte mit einem Schwung die Flasche und kniete neben seinem Opfer nieder. In seinen grünen Augen schillerten gelbe Lichter. Die wulstige Unterlippe kräuselte sich spöttisch. Er hielt Barker die fast leere Flasche vors Gesicht.

Noch fester preßte Jim den Mund zusammen. Er wußte, lange würde es nicht mehr dauern, dann verlor er die Beherrschung. Dann würde er den Revolver herausreißen und ganz einfach wild in die Bande hineinschießen, bis keine Patrone mehr in der Trommel war. Aber gleichzeitig wußte Jim auch, daß er kaum dazu kommen würde, mehr als einen Schuß abzufeuern. Diese Wölfe waren zu schnell, ihr Instinkt für Gefahr zu ausgeprägt, als daß man sie überraschen könnte. Und schon spürte Jim den lauernden Blick Reds auf seinen Wangen brennen. Red belauerte ihn. Red spürte seinen Zorn, die Hitze seiner Erregung, jeden seiner Gedanken. Noch steifer stand Jim, und dann warf er seinen Kopf mit einem Ruck herum, und krallte seinen Blick wie eine Zange in die Augen des Halbindianers, der den Kopf nur so vom Licht abgewendet hatte, daß die Hälfte seines Gesichtes im Schatten des Hutes lag. In diesem Schatten wirkten seine Augen wie kalte und runde Astlöcher.

Red sagte kein Wort. Kein Muskel in seinen Zügen bewegte sich. Aber Jim wußte, daß er bereit war. Red Burgess war immer bereit. Selbst wenn er schlief oder jemand den Rücken zukehrte.

Jim hörte, wie der Sheriff sagte:

»Ich werde den Whisky trinken, denn es ist Pats Whisky – aber dir, Sundown, sage ich, daß du hier begraben wirst!«

Mit einem Satz sprang der nicht nur cholerische, sondern auch sehr abergläubische Sundown auf und rief:

»Verdammt! Jetzt ist aber der Spaß zu Ende!«

»Gib ihm Whisky!« Stearns stand da wie ein Baum. Er hatte sich den Revolver von Burk in den Hosenbund gesteckt, und einer seiner überkreuzten Arme lag so, daß die Hand den Kolben berührte. Das sah Sundown. Und den scharfen Ton in Stearns' Stimme kannte er. McGee riß ihm die Flasche aus der Hand und ließ Barker trinken. Verstohlen putzte er mit den klobigen Fingern der anderen Hand über den blanken Messingstern. Langsam sank Barkers Kopf zur Seite, und er schloß die Augen.

Einen Augenblick war es still. Jim, McGee, Sally und Stearns sahen auf ihn nieder. Dann sagte Stearns:

»So, nun bring ihn nach draußen, Pat!«

»Aber er lebt noch!« rief Sally empört.

»Bring ihn nach draußen!« wiederholte Stearns. Seine Stimme war keinen Ton höher oder tiefer oder schärfer, eher sanfter.

Ganz weiß wurde Sally im Gesicht. Sie stand auf und stellte sich kerzengerade vor Stearns hin. Sie hatte nun den Schock, den die unvermutete Lage mit sich brachte, überwunden. Ihr Verstand war nun kalt, ihr Willen hart wie Stein.

»Sheriff James Barker stirbt hier in diesem Haus, und niemand wird das ändern!«

»Er ist ein harter Mann, Sally! Das kann Stunden dauern. Wir sind müde und brauchen die Betten!«

»Es bleibt, wie ich sagte«, beharrte das Mädchen, und in Stearns begann sich so etwas wie Bewunderung für ihre unbeugsame Energie zu regen.

Sundown bewegte sich.

»Soll ich…?« Aber ein heftiger Schlag von Sallys kleiner Faust schleuderte seine Hand zur Seite.

»Finger weg! Einen wehrlosen Mann umbringen! Dazu gehört Männlichkeit, nicht wahr? Rauben, morden, stehlen, überfallen, das ist männlich! Du armselige, lächerliche, stumpfsinnige, feige Ratte! Zieh doch mal dein Schießeisen raus, und stelle dich diesem Manne, der mein Vater ist! Was bist du hündischer Feigling ohne dein Schießeisen! Ein armseliges, wimmerndes Häuflein Mann, das dieser Mann wie eine Gummiblase zwischen seinen Händen zerquetschen würde! Du hältst dich für einen großartigen Kerl, was? Du bildest dir Gott weiß was auf deine Stärke und Kraft ein, und was bist du? Zieh es doch einmal aus, dein Schießeisen! Los, beweise, daß du ein Mann bist! Kämpfe wie ein Mann! Da steht mein Vater! Er bricht dir sämtliche Knochen im Leibe, und du vermagst nicht einmal seine Haut zu ritzen.« Sally spuckte Sundown erneut ins Gesicht, und Stearns hielt seinen Colt auf Sundowns Bauch gerichtet. Seine kalten Augen hatten einen polierten Glanz vor Begeisterung.

Sundown war zuerst rot geworden, dann hatte er nach Luft gerungen, und jetzt, als er den Revolver auf seinen Bauch gerichtet sah, lief er fast violett an und schnappte krampfhaft nach Luft.

»Jetzt müßtet du dich ansehen können, du Feigling!« sagte Sally, und Sundown wischte sich den Speichel aus dem Gesicht. Red aber lachte ihn mit blitzenden Zähnen an.

»Versuche das bei mir niemals«, sagte er in beinahe herzlichem Ton zu Sally, und das Mädchen erschrak vor der brennenden Wildheit, die ihr aus den schwarzen Augen entgegenschlug.

Stearns steckte den Revolver wieder ein.

»Sind wir nicht eine prachtvolle Bande?« sagte er. Jim war es, als schwänge da ganz in der Tiefe von Stearns' rauher Stimme so etwas wie Ekel mit. Stearns wandte sich abrupt ab und ging zu seinem Stuhl zurück. Dort setzte er sich steif hin, und streckte die Beine von sich. Einen Augenblick lauschte er dem

Toben draußen, dann nahm er den Hut ab und warf ihn auf die Bank unter einem Fenster.

Sally sagte zu Jim, daß er ihrem Vater helfen möchte, und Jim nahm die Beine des bewußtlosen Sheriffs. Eine halbe Stunde später war Sheriff James Barker tot. Jim und McGee brachten die Leiche hinaus.

Als sie die Tür öffneten, riß der Sturm sie mit einem wuchtigen Knall auf. Heulen und Tosen erfüllte das Haus. Der Tisch wurde umgeworfen, die Lampe ausgeblasen. Wolken von Sand prasselten gegen die Wände und peitschten die Gesichter. Trockene Grasbüschel sausten wie abgeschossene Kanonenkugeln in den Raum. Stearns und Red brauchten ihre ganze Kraft, um die schwere Tür wieder ins Schloß zu drükken.

Für die beiden Männer draußen war es ein schweres Stück Arbeit, den Toten in den Schuppen zu schaffen. Der Sturm peitschte ihre Haare und drohte, ihnen die Füße wegzureißen. In der Luft war ein brodelndes Jaulen und Heulen. Die Erde bebte. In den Wäldern wurden schwere Bäume wie Halme zerknickt, und sie barsten mit Geräuschen, die wie das Detonieren von Granaten klangen. Ringsum in den Felsen polterte und krachte und rumorte es, als gehe die Welt unter. Der Himmel war tiefschwarz. Die Luft wie ein Sandstrahlgebläse. Furchtbare Böen kamen ständig aus anderen Richtungen. Und jedesmal, wenn sie wechselten, wechselten auch die Heultöne. Manchmal klang es wie bis ins Millionenfache gesteigertes Wimmern eines Timberwolfes, dann wieder wie ein langgezogenes und schrilles Kreischen.

Jim schrie McGee an, und McGee schrie Jim an. Doch man verstand nichts in diesem Lärm.

Als McGee die Schuppentür hinter sich verriegelt

hatte, auch sie bestand aus ganzen, geschälten und verschalten Stämmen, schrie er:

»Wo ist sein Revolver? Er hat ihn nicht mehr!«

»Wir werden ihn verloren haben, Mister McGee.«

Durch die Ritzen des Schuppens schlug der Sturm sie wie mit peitschenden, nassen Lappen ins Gesicht.

Endlich standen sie wieder im Haus, und Stearns herrschte McGee an:

»Wo ist Barkers Revolver? Gib ihn heraus!«

»Ich habe ihn nicht. Er muß verloren gegangen sein!«

»Jim?«

Jim nickte.

»Stimmt, Logan.«

Stearns verschränkte wieder die Arme auf der Brust, ging zu seinem Stuhl zurück und drehte sich plötzlich um. Mit leicht vorgerecktem Kopf ging er wieder auf Jim zu. Seine kalten Augen ließen den Cowboy nicht los.

Ganz sanft war Stearns' rauhe Stimme, und leise:

»Jim, du wirst mir doch nicht eine kleine Geschichte erzählen!«

»Es ist so, wie ich sage!« fuhr Jim auf. »Der Revolver war weg!«

»Jim«, nun stand Stearns so dicht vor ihm, daß sich fast ihre Nasenspitzen berührten. »Jim, du hast ein junges, empfindsames Gemüt. Viel zu empfindsam für einen Jungen, der aus dem Gefängnis ausgebrochen ist und nicht wieder hineinkommen will. Aber das Hineinkommen wäre das wenigste. Wer nicht mit mir geht, geht vor die Hunde! Verstehst du das, Jim?«

»Ich habe den Revolver nicht!« schrie Jim in das hölzerne Gesicht hinein.

»Das habe ich auch gar nicht gesagt. Aber vielleicht

imponiert dir die kleine Sally. So etwas soll vorkommen. Man fühlt sich in seinen männlichen Schutzinstinkten angesprochen. Armes Mädchen und so. Ich gehöre nicht zu diesen Ratten. Ich bin was Besseres. Ich bin kein Mörder und Bandit, ich bin nur ein kleiner Cowboy, der ein bißchen zu wild war. Keine Sorge, Jim hilft schon. Ein bißchen streicheln, zuerst mit den Augen und dann mit den Händen. – Jimmy«, nun ging Stearns langsam rückwärts, bis er an den Tisch stieß. Dort setzte er sich drauf und ließ langsam die Beine schwingen. »Das Ende eines Mannes beginnt dann, wenn er vor einem Mädchen den Helden spielen möchte. Halt den Mund, du brauchst mir nichts zu sagen! Ich weiß, was du sagen willst. Ich gebe dir nur eins zu bedenken: Du hast genau wie wir auf die Posse geschossen, und du hast gesehen, daß mindestens vier Sättel leer wurden. Für die andere Seite, die, die der gute Pat da zackig am Hemd trägt, gehörst du zu uns. Verstehst du das?«

»Ich habe nicht auf sie gezielt!« schrie Jim. »Ich habe hoch in die Luft geschossen!«

Mit einem Sprung stand Red Burgess auf den Beinen und schlich mit den katzenhaften Bewegungen eines Pumas auf den jungen Cowboy zu.

»Ach, sieh mal an! Er hat nicht auf sie gezielt. Er hat in die Luft geschossen! Unser kleines wildes Feuerköpfchen hat in die Luft geschosssen! Das ist aber interessant. Nicht wahr, Logan«, Red drehte den Oberkörper in der Hüfte und lächelte den großen Virginier stechend an, »interessant ist das!« Als sich Red wieder zu Jim herumdrehte, war es, als schnüffele er wie ein gereizter Wolf. In seinen Pupillen spiegelte sich die Lampe. Aber es war ein steter Wechsel von Farben in diesen winzigen Lichtpünktchen. Und wer in den Augen eines Wolfes zu lesen verstand, der hätte auch in denen des Halbindianers sein ganzes Wesen erkennen können. Plötzlich hielt Red Burgess sein Messer in der Faust. Es war eine sehr dünne, sehr lange und beiderseits so scharf geschliffene Klinge, daß man sich damit mühelos rasieren konnte. Langsam führte Red das Messer vor seine Augen.

»Weißt du, wie man einen wilden Truthahn absticht, Jimmy?« flüsterte er, und er kam schleichend und geduckt näher, und seine freie Hand umkrallte einen unsichtbaren Truthahnhals. »Man tut nur einen einzigen, raschen Stich ins Genick, direkt hinter den Kopf – so, kckckxx!« Die dünne Klinge stieß blitzschnell zu, und die sehnige, braune Faust öffnete sich langsam. »Siehst du, mein Sohn. Es geht blitzschnell. So machen es die Comanchen, und so mache ich es. Wo ist der Revolver, Jimmy?«

Der Trotz bäumte sich in dem jungen Reiter wie eine gespannte Stahlfeder auf.

Er straffte den muskulösen Nacken und nahm die Hände bis zur Gürtellinie hoch. Daß er sie zu Fäusten ballte, merkte er nicht. Aber die anderen sahen es.

»Ich kann dir zeigen, wie man einen Wolf schießt, Red«, sagte Jim leise. »Auf unserer Weide hat sich einmal ein ganzes Rudel eingenistet. Am Tage verkrochen sie sich. In der Nacht jagten sie Kälber. Ich habe zweiundzwanzig von ihnen geschossen. Nachts. Man sah nur ihre gelben Leuchten. Und jeder Schuß saß genau dazwischen!«

»Jimmy, es würde mich reizen, mit dir Truthahn zu spielen«, zischte Red.

»Spiel Truthahn, mit wem du willst!« Nun wandte sich Jim zur Bank und ließ sich darauf nieder. Es war das erste Mal, daß Stearns sah, wie sich ein Mann aus dem Banne von Reds Augen gewaltsam löste. Und nur Stearns merkte, wie erregt Jim war.

Ein prachtvoller Bursche, dachte Stearns. Wenn wir über den Paß sind, werde ich ihn zum Manne machen.

Red warf Jim einen kurzen Blick nach, überlegte nach Wolfsart mit schiefgelegtem Kopf kurz, lächelte, daß seine weißen Zähne wie Perlen blinkten, und richtete sich vor McGee auf.

»Heb die Arme, damit ich dich abtasten kann, Pat!« sagte er, und der Ton seiner Stimme war so klebrig und süß wie Sirup.

Patrick McGee hob die Arme und duldete es. Aber man sah ihm an, wie gern er den Halbindianer zwischen seine Pranken genommen und zermalmt hätte.

»In Ordnung, Logan!«

IV

»Sally, Sie werden uns jetzt etwas zum Essen machen«, sagte Stearns.

»Für jeden eine Portion Rattengift!« schnaubte das Mädchen. »Das fehlt noch, uns die letzten Vorräte wegessen.«

»Sally, ich bin Ladies gegenüber meistens höflich und zurückhaltend. Das kann aber auch anders werden. Pat, sage ihr, daß das kein Spiel ist!«

»Es sind nur Eier und Speck da«, sagte der Ire, der sich auf einen breiten Lehnstuhl gesetzt hatte und angestrengt nachdachte. Sally warf den Banditen einen Blick zu und raffte die Haare im Nacken zusammen.

Sundown stand auf. Er begann, umherzuwandern. Er horchte auf den Sturm, der draußen mit unverminderter Heftigkeit tobte. Er stützte sich schwankend an einer großen Vitrine, die unter seinem Gewicht bedenklich zu schaukeln begann.

»Wenn du mir hier etwas kaputtmachst, breche ich

dir sämtliche Knochen im Leibe!« knurrte Patrick McGee, der mit seinen Gedanken zu einem Ergebnis gekommen zu sein schien.

Sudown rülpste laut und warf einen raschen Blick zu Stearns, der den Kopf schüttelte.

Sundown lachte. Dabei bleckte er seine gelben Zähne. Aus roten Augen starrte er den Iren einen Augenblick an. »Wenn deine Tochter nicht so nett wäre, würde ich dir das jetzt übelnehmen, Pat.«

»Laß Sally aus dem Spiel«, warnte Stearns. »Verdammt noch einmal, setz dich endlich hin!«

»Bist du meine Amme?« fauchte Sundown, und Stearns schwieg. Stearns wußte, daß man den wilden Feuerkopf in diesem Zustand nicht unnötig kommandieren durfte. Er wollte Streit vermeiden.

Als er schwieg, grunzte Sundown befriedigt in sich hinein, kämmte sich mit allen zehn Fingern durch die Haare und schwankte zur Küche hinüber, in der Sally wütend ein Ei nach dem anderen in eine Pfanne schlug.

»Na, Mädchen, nun friß mich nicht gleich. Ich kann ein sehr netter Junge sein. Frag Stearns, der weiß das.«

»Raus hier!«

»Aber, aber.« Sundown lehnte sich an den Türrahmen und verschlang das Mädchen mit seinen Blikken. McGee stand auf, aber Jim kam ihm zuvor. Als Sundown Sally an den langen Haaren fassen wollte, schlug Jim ihm die Hand weg.

»Laß sie in Ruhe!«

Sudown sah Jim kopfschüttelnd an.

»Das solltest du nicht tun, Jimmy! Nein wirklich, frage Stearns, das solltest du wirklich nicht tun.«

»Hehehe«, lachte Red auf seinem Stuhl und stieß Stearns in die Rippen. »Paß auf, Logan, ich wette, daß es bald einen Kampf zwischen zwei Hähnen geben wird. Na, Jimmy? Rührt sich in dir nur das männliche Schutzbedürfnis, oder – hehehe – gönnst du deine zukünftige Frau keinem anderen?«

Nun lachte auch Sundown meckernd auf.

»Hahaha – schau einer den lausigen Hungerleider an! Ein Pferd, einen Sattel und einmal im Monat Geld für Tabak in der Tasche! Sally, da bin ich eine ganz andere Marke! Ich verstehe was von meinem Geschäft, ich . . .«

»Wenn du Schmierfink mich nicht in Ruhe läßt, hast du die Eier im Gesicht!« Sally hielt den Pfannenstil fest umklammert, und Stearns sah ihr an, daß das schöne Abendessen in Sundowns Gesicht landen würde.

»Sunny, komm hierher. Laß sie in Ruhe. Du siehst doch, daß sie nichts von dir wissen will. Spielen wir Poker.«

»Hahaha – Poker! Womit denn, du Schlaukopf?«

Stearns packte sein Kartenspiel wieder aus und zog den Schemel an den Tisch heran. McGee setzte sich. Doch die steile Falte zwischen seinen Brauen blieb.

»Jeder schreibt Tickets für zehn Dollar. Für den Anfang genügen dreihundert Dollar für jeden.»

»Tickets! Nicht schlecht!« Sundown schaute Jim ins Gesicht. »Na, Jim, wie ist es? Spielst du mit, oder sollen wir uns um das Mädchen bemühen?«

»Ich spiele mit!« sagte Jim Drago langsam. Über Sundowns Schulter hinweg lächelte Sally ihm dankbar zu.

Sie setzten sich an den Tisch. Stearns riß aus einem Notizbuch Blätter heraus. Jedem reichte er eine Anzahl und erklärte ihnen, in wie viele Teile sie sie zerreißen sollten. Dann malte er mit einem Bleistift auf jedes Teil eine Zehn.

»Ich denke, wir spielen Studpoker. Tischlimit dreihundert. Wer sie verloren hat, kann wieder für dreihundert schreiben.«

»Nun gib schon«, drängte Red, und die Bande saß mit Jim einträchtig am Tisch, als könne das gar nicht anders sein.

Beim ersten Spiel paßte Stearns und beobachtete die anderen. Im nächsten Spiel hatte er zwei Asse, eines offen, eines gedeckt. Niemand paßte. Bei der zweiten Runde war das As noch immer hoch. Red hatte als höchste seiner offenen Karten einen König, Jim einen Buben, Sundown eine Dame. Sie setzten alle zwanzig Dollar und Stearns erhöhte um fünfzig. Jim hob die gedeckten Karten an den Ecken hoch und ging mit. Sundown paßte, und Red wollte sehen.

»Drei Asse«, sagte Stearns trocken. Er langte nach dem Pot und reichte die Karten Jim. »Du teilst aus.«

Die Eier brutzelten in der Pfanne. Stearns warf McGee einen Blick zu.

»Was wollte der Sheriff eigentlich hier oben, Pat?«

McGee zuckte die Schulter.

»Er war vielleicht in der Gegend und wurde vom Sturm überrascht.«

Die nächste Runde ging wieder an Stearns, und Jims Papierhäufchen wurde immer kleiner.

Er sah dem Fallen der Karten zu und verlor. Als er dann einmal zwei Paare hatte, lagen nur zwanzig Dollar vor ihm, und Stearns grinste ihn hämisch an.

»Jim, wie kommst du eigentlich zu diesen Kerlen?« fragte Patrick McGee plötzlich in die Stille hinein, und Sally hob rasch den Kopf. Das war es, was auch sie interessierte.

»Ich hielt es einfach nicht aus!!« Jims Blick verlor sich, und er mußte an das Gefängnis denken. Zwanzig Zellen in einem großen Raum, durch massige

Stahlgitter voneinander getrennt. In der Mitte ein Stahlgittergang und beiderseits zehn Zellen. Jede Zelle vier mal sieben Fuß im Quadrat. Der große Raum vollgepfropft mit Menschen. Mit verlausten Strolchen, betrunkenen Cowboys, schnarchenden Banditen und zerlumpten Individuen. Es roch penetrant nach Schweiß, verfilzten Socken, Fusel, Kot, Urin und schlechtem Tabak. Und über jeder Zelle hing ein winziges vergittertes Loch, durch das ein feiner Strahl frischer Luft strömte. Jim schüttelte sich. Draußen war die Weide, das freie Land, der Himmel, die Wolken, Berge und hohes Gras. Irgendeiner übergab sich, und ein anderer begann zu brüllen. Ein Tumult brach los. Die Gefangenen prügelten sich. Kübel wurden umgeworfen. Der stinkende Inhalt ergoß sich in den Gang. Wärter kamen und gossen Eimer voll Wasser in die Zellen. Im Nebenblock, nur durch eine dünne Wand getrennt, begannen schrille Frauenstimmen zu kreischen, und es fielen Worte, die Jim die Schamröte ins Gesicht trieben. Er stand an den Gittern und rüttelte und schrie: »Ich will hier raus! – Ich will hier raus!« Aber da hieb ihm jemand einen Knüppel über den Schädel, und als er erwachte, lag er im Dunkeln. Einzelhaft. Dunkelhaft. Eine ganze Woche. Jim verlor fast den Verstand.

»Ich hielt es nicht aus«, murmelte er und sah den gewaltigen Iren drängend an.

»So. Und da bist du einfach ausgebrochen?«

»Yeah!« brüllt Jim auf. »Und ich werde niemals mehr in so ein Loch kriechen! Eher . . .«

»Eher wirst du ein Bandit und stehst eines Tages unter dem Galgen. Eher machst du . . .«

»Laß das, Pat!« rief Stearns scharf. »Da liegen deine Karten, Jim! Laß dir von diesem alten Narren keinen Floh ins Ohr setzen. Was beabsichtigst du Pat?«

»Das will ich dir sagen. Ich will verhindern, daß es diesem Jungen so geht wie euch. Daß er so wird, wie ihr.«

»Keine Sorge, Mister McGee, wenn ich über den Paß bin, reite ich nach New Mexico! Da gibt es Arbeit für einen Rindermann!«

»So, nach New Mexico! Und du glaubst, daß dir Stearns solange Kredit gibt, hey?«

Verblüfft schaute Jim den schweren Mann an, dessen Stimme tief aus der Brust kam. Patrick McGee hatte dort, wo ihn Sundowns Revolververlauf getroffen hatte, eine große aufgeplatzte Beule. Aber der harte Mann schien von den Schmerzen nichts zu bemerken.

Vor Jim lagen nur noch dreißig Dollar. Zweihundertsiebzig hatte er verloren.

»Die Spielschulden wirst du bei ihm abarbeiten müssen. Postkutschenraub, Mord, Überfall! Und dann hängst du drin und kommst niemals mehr los davon!«

»Hehehe, du mußt es ja wissen, Pat!« lachte Red Burgess anzüglich.

Und da stand Patrick McGee auf. Er reckte seine Nibelungengestalt, schaut einen nach dem anderen entschlossen an und rief: »Sally, bitte komm einmal her und setz dich!«

Das Mädchen kam und blieb am Kamin stehen. Noch nie hatte sie das Gesicht ihres Vaters so entschlossen, so voll unerbittlicher Energie gesehen wie jetzt.

Patrick McGee war mit seinen Gedanken zu Ende gekommen. Er wußte nun, was er tun mußte. Er würde diese Bande nicht über den Paß führen, sondern seine Pflicht als Marshal erfüllen. Er wußte, daß ihn die Vergangenheit immer erpressen konnte, wenn er jetzt nicht entschlossen war. Er hatte seiner Tochter viel verschwiegen, ihret- und auch seinetwegen. Nun war die Zeit gekommen, daß sie alles erfahren mußte. Nicht von einem dieser Totschläger, sondern von ihm selbst.

»Du hast dich gewundert, daß sie mich so vertraut anreden, nicht wahr?«

»Ja, Pa«, flüsterte Sally erregt.

»Ich war nicht zweieinhalb Jahre in Kanada, sondern im Staatsgefängnis. Mit diesen da zusammen. Im Steinbruch und an den Flußuferbefestigungen. Ich habe eine Postkutsche überfallen. Die furchtbare Dürre hatte mich ruiniert. Deine Mutter war sehr krank. Ich brauchte Geld. Für Geld hätte ich den Teufel aus der Hölle geholt. Der Überfall mißlang, und ich habe deine Mutter nicht mehr wiedergesehen. Du weißt, daß sie gestorben ist. So, Sally, das ist die Wahrheit. Ich habe dir sie dir verschwiegen, weil ich Angst hatte. Stearns, damit bin ich also nicht mehr zu erpressen!«

Mit weiten Augen starrte das Mädchen den großen Mann an. Dann ging es wortlos auf ihn zu, legte ihren Kopf an seine Schulter.

»Ich verstehe dich!« sagte sie.

Red Burgess schluchzte auf. »Wie rührselig, Logan. Bitte ein Taschentuch!«

In diesem Augenblick ertönte aus dem Nebenraum ein ersticktes Würgen, Röcheln und Gurgeln. Sally eilte hin und fand Burk, der sich in tiefer Bewußtlosigkeit halb aus dem Bett geworfen, erbrochen hatte und nun daran erstickte. Er war schon ganz blau im Gesicht.

»Sally, eine Schüssel! Jim, halt seinen Kopf!« McGee ließ Burks Oberkörper über den Bettrand beugen und säuberte rasch seinen Mund. Er hob den

Würgenden und Erstickenden hoch, klopfte ihm Rücken und Brust, und endlich war Burks Luftröhre wieder frei.

Mit einem gurgelnd hohlen und zischenden Geräusch füllte sich Burks Lunge wieder mit Luft. McGee legte ihn auf die Seite, damit bei einem erneuten Erbrechen der Mageninhalt nicht mehr die Luftröhre verstopfen konnte. Inzwischen waren Red und Stearns eingetreten. Sally eilte in die Küche, um Wasser zu holen.

»Nun sieh dir diese sinnlose Quälerei an«, sagte Stearns. »Vielleicht wird er gar nicht mehr wach, und wenn, so geht er jämmerlich vor die Hunde. Ist da eine Kugel nicht viel humaner, Pat?«

Ehe der Ire den Mund zu einer Erwiderung aufmachen konnte, erschallte aus der Küche Sallys Schrei. Polternd und scheppernd wirbelten Töpfe durcheinander. Sundown fluchte. Jim war mit einem gewaltigen Satz im Nebenraum. Dort stand Sundown und hielt sich fluchend die Hand. Sally hatte fest zugebissen. Aber Jim sah nur ihr zerrissenes Kleid, und stürzte sich auf den sommersprossigen Banditen.

»Wer einen Schuß abfeuert, bekommt eine Kugel in den Kopf.«

Diese kalte Warnung von Logan Stearns hörte Jim noch, dann schmetterte er seine rechte Faust mitten in Sundowns Gesicht hinein, die Linke in seinen Magen.

Aber Sundown Yancey war ein Bursche, dessen Körper in den Steinbrüchen durch tausend Qualen wieder und wieder gehärtet worden war. Er empfing die Hiebe mit einem wilden Aufschrei, nicht des Schmerzes, sondern der Lust am Kampf, des Zorns und der Enttäuschung. Er wurde gegen die Wand geschleudert, prallte mit dem Kopf hart gegen die

Baumstämme und erhielt den nächsten Hieb mitten auf den Adamsapfel. Sundown blieb die Luft weg. Seine vom Alkohol mürben Knie gaben nach. Er sank an der Wand herunter, doch zwei wilde Aufwärtshaken rissen ihn förmlich kerzengerade in die Höhe. Sundown würgte und riß den Mund ganz weit auf. Aber dann sahen seine Augen klar. Er sah Jim die Fäuste schwingen, stieß einen heiseren Ruf aus und warf sich auf Jim.

Jim Drago war gewiß kein schwacher Bursche, und auf seiner Weide gab es wenige, die nach einem Faustkampf mit ihm noch stehen konnten. Doch gegen die eisenharte Härte des Sträflings hatte er keinerlei Chancen. Sundown schlug zu. Schon der erste Hieb traf Jim wie der Huftritt eines Pferdes. Jim wurde zwei, drei Yard zurückgeworfen und prallte gegen die Tür. Ehe er sich aufraffen konnte, war Sundown bei ihm und schlug ihm die Fäuste ins Gesicht, in den Leib, in die Herzgrube und an den Hals. Und hinter jedem dieser Hiebe steckte die ganze gnadenlose Härte des Sträflings. Als Jim schließlich, die Augen voller Tränen, würgend und zusammengekrümmt zu Boden sank, stürzte sich Sundown mit einen rauhen Aufschrei über ihn, und preßte seine Hände um Jims Hals.

Stearns hielt den Colt in der Hand.

»Schluß jetzt!« rief er. Aber Sundown hörte nichts. Sundown hielt Jims Hals zwischen den Händen und drückte. Sundown wollte Jim umbringen. In seinem Hirn rauschte und brannte es. Sundown wollte töten.

Jim bäumte sich auf, zog blitzschnell die Beine fast bis ans Kinn an den Leib und stieß sie mit voller Wucht vor. Sundown stöhnte und lockerte seinen Griff. Jim landete von unten her einen Schlag auf Sundowns Schlagader, der dem Stäfling für einen winzigen Augenblick das Bewußtsein raubte. Jim wollte aufspringen, aber die harten Schläge und der Würgegriff hatten seine Kraft so verzehrt, daß er nur halb und taumelnd hochkam. Sundown sah es und jagte Jim ein Knie mit voller Wucht unter den Kopf. Im hohen Bogen wurde Jim auf den Rücken geworfen. Aber soviel Kraft besaß er noch, daß er sich vor dem über ihn stürzenden Sträfling zur Seite rollen konnte. Dabei streifte einer von Sundowns großen Sternradsporen sein Gesicht und riß ihm die Wange vom Mundwinkel bis zur Schläfe auf.

Als Sundown sich herumwarf, stand er für Sallys Pfanne genau richtig.

Das Mädchen schwang die schwere Gußeisenpfanne und hieb sie dem Sträfling mit der ganzen Kraft ihrer sehnige Arme über den Kopf.

Noch während Sundown mit verdrehten Augen zusammenbrach, begann Red Burgess zu lachen, daß ihm die Tränen aus den Augen sprangen.

»Hahaha – Logan! Hast du sein Gesicht gesehen? – Hahaha – wie ein Stierkalb, das mit Glasscherben klistiert wird!«

»Er – er hätte ihn umgebracht«, stotterte Sally verwirrt ihren Vater an, und Stearns rief sie zu: »Das hat mir gutgetan!«

»Mir auch! Aber Ihre Sorge war unberechtigt. Ich habe nun einmal eine Schwäche für Jim. Er wäre wieder aufgestanden; aber es war sein Kampf. Da mischt man sich nicht ein.«

»So, unter Totschlägern gibt es also auch Gesetze!«

Ein kurzer, scharfer Blick traf sie. Stearns war nicht zu beleidigen.

»Gewiß. Und sehr strenge sogar. Wenn der Sturm noch lange dauert, werde ich Ihnen davon berichten, welch eine Zucht in einer Bande herrschen muß, damit man zu etwas kommen kann.«

»Ich bin sehr neugierig. Sie glauben gar nicht, wie mich die Zucht in einer Mordbande interessiert.«

»Ist sie nicht wunderbar?« lächelte Red herüber. »Sally, wenn ich jetzt nicht so in Eile wäre, und meine Sicherheit mir eine Frau erlauben würde, so würde ich mich für Sie interessieren.«

»Welche Ehre!« hohnlachte Sally. »Von einem Kerl wie Sie habe ich mein ganzes Leben lang geträumt!«

McGee schob sich neben Stearns, der immer noch seinen Revolver in der Hand hielt, in den Raum. »Sally, kümmere dich um das Essen.«

Jim stand wieder taumelnd auf den Füßen, und wischte sich über die aufgeritzte Wange.

»Sie wird dir ein Pflaster darüberkleben.«

»Nicht nötig, Mister McGee.«

»Das mußt du wissen.«

»Der Sturm läßt nach.« Das war Stearns, der an die Tür getreten war und horchte.

Das jaulende Heulen und Tosen des Sturms war zu einem langgezogenen Wimmern herabgesunken.

Sundown kam ächzend wieder auf die Beine und betastete seinen kantigen Schädel.

»Bfff! – Was – was war das?«

Sally hielt ihm die schwere Pfanne unter die Nase. »Das da!«

Sundown schüttelte schwer den Kopf. Darin herrschte soviel Unordnung, daß er keine Lust mehr hatte, sich mehr als unbedingt nötig zu bewegen. Er ging mit schleppenden Schritten zur Bank, und legte sich darauf nieder. Red kicherte leise in sich hinein, und McGee sagte:

»Das war erst der Anfang. Ich kenne das. Wir haben gerade noch Zeit, um nach den Pferden zu sehen. Dann wird es gleich erst richtig losgehen.«

»Also gut, gehen wir. Red, du paßt auf, daß alles ruhig bleibt.«

»Mache ich. Dem Duft nach zu urteilen, sind die Eier soweit.«

An der Tür drehte sich Stearns, der Sally beobachtet hatte, wie sie ein großes Salzfaß in die Hand nahm, noch einmal um.

»Sollten unsere Eier zufällig versalzen sein, so wird Ihr Vater sie essen, und wenn ich sie ihm mit dem Revolver in den Rachen stopfen muß!

V

Draußen herrschte eine giftige, gelbweiße Helligkeit. Die Berghänge waren von zerreißenden, sich im Winde wieder zusammenballenden, dampfartigen Wolkenschlieren umgeben, aus denen das verwitterte Gestein trostlos zerschunden herausblickte. Die dunklen Klippen im Westen lagen wie in Panik geduckte Tiere im wildbewegten Dunst, und aus den Schluchten krochen wogende Wolken rotbraunen und ockergelben Staubes. Wie eine wild gärende Teigmasse sah das aus. Das große Plateau hatte eine grauerdene Färbung angenommen. Die Baumkronen sahen wie die zerzausten Perücken gespenstischer Weiber aus. Dahinter dehnte sich ein Streifen lichtblauen Himmels.

Es war also wieder Tag geworden.

Aber hinter diesem hellen Streifen schob sich eine pechschwarze Wand heran. Und diese pechschwarze Wand war von Blitzen durchzuckt, denen ein fernes Donnergrollen folgte.

McGee und Stearns wuchteten die Tür des Stalles auf. Dort standen sechs Pferde, dicht zusammengedrängt. Nur die beiden Tiere des Iren wieherten den

Männern erleichtert entgegen. Die anderen hatte der Sturm so erschreckt, daß sie nichts als die Wärme und gleiche Angst ihrer Artgenossen wahrnehmen wollten.

»Wir müssen uns beeilen. Was da hinten aufzieht, sieht übel aus.«

Stearns warf einen Blick auf die senkrechten Wände, in deren Ecke das Ranchhaus lag. Sie legten den Pferden Kettenhalfter an und befestigten diese an der Futterkrippe. Sodann schoben sie starke Bohlen zwischen sie, damit sie sich in ihrer Angst nicht durch Hufschläge verletzen konnten.

Dann standen die beiden Männer wieder draußen, und Stearns blinzelte übernächtigt der schwarzen Wand entgegen, die mit rasender Geschwindigkeit auf sie zukam. Sie bedeckte bereits mehr als drei Viertel des ganzen sichtbaren Horizonts, und darin zuckten schwefelgelbe Blitze ohne Zahl und ohne Folge. Das Donnergetöse steigerte sich zu gigantischen Entladungen.

»In drei Minuten ist es soweit!« sagte McGee. »Wir wollen rasch die Läden prüfen.«

Die mächtigen Läden saßen fest wie in Schraubstöcken.

»Hierhin hast du dich also verkrochen.« Stearns mußte schreien, um gehört zu werden. »Das ist ja der Vorhof zur Hölle! Dem Mädel würde es in einer Stadt auch besser gefallen!«

»Los, rein!« brüllte McGee, und sie stürzten ins Haus. Kaum hatten sie den schenkeldicken Sperriegel in die Halterung gewuchtet, da ging es los. Die Erde bebte. Das Haus bewegte sich wie ein Floß auf einem orkanbewegten Meer.

Der Lärm des blitzenden und rollenden Getöses war so infernalisch, daß man in den dicken Wänden schreien mußte. Ruhig setzte sich McGee an den Tisch und begann zu essen. Auch Stearns begann auf seinem Teller zu stochern, wobei er immer mißtrauische Blicke an das Dach heftete. Der Halbindianer war bereits fertig, und Jims Teller wurde gerade von Sally weggebracht. Jims Wunde war ausgeblutet. Sally hatte ihm ein schmales Pflaster darüber gekebt. Daß Sundown schnarchte, konnte man nicht hören, aber man sah es an seinem weit geöffneten Mund. Sundown lag auf dem Rücken, die Hände brav wie ein gut erzogener Knabe über den Leib gefaltet. Seine Züge waren entspannt und alle scharfen Falten fast daraus verschwunden. So sah er wie ein sympathischer, rauher Junge aus, wenn nicht die braunroten Schwellungen und Blutergüsse in seinem Gesicht gewesen wären. Das Halfter mit dem großen Revolver hing an der Bankkante herunter. Aus seinem rechten Stiefelschaft ragte der Knauf und etwa ein Zoll der breiten Klinge eines Bowiemessers hervor.

Von Minute zu Minute steigerte sich der Hurrikan. Es war, als schwänge der Allmächtige einen gigantischen Dreschflegel und zerschlage die Berge zu Brei. Die Lampe an der Decke begann zu schwanken. Dann tanzte sie und bewegte sich wie eine Glocke, deren Seil viel zu heftig gezogen wird.

Jim ließ sich auf der zweiten Bank, dicht am Kamin, nieder. Sally hatte das Feuer gelöscht. Sie stand am Eingang zur Küche und hielt die Arme auf der Brust verschränkt. Immer wieder fauchten wilde Windstöße durch den Kamin und erfüllten den Raum mit feinem kristallenen Sandsteinstaub.

McGee holte ein armdickes Brett und klemmte es genau in die Öffnung. Mit acht schmiedeeisernen Riegeln stemmte er den Deckel fest. Dann ließ er sich auf seinem hochlehnigen Stuhl an der Tür zum Nebenraum nieder und holte seine große Pfeife aus der Hosentasche. Bedächtig stopfte er sie und setzte sie in Brand. Red Burgess hatte sich mit seinem Stuhl bis in eine Ecke zurückgezogen. Seine Beine lagen auf einem Schemel. Stoisch starrte er vor sich hin.

Die Kretonnevorhänge an den drei Fenstern flatterten hin und her, obgleich alle Fenster luftdicht abgeschlossen waren.

Immer wieder glitt Stearns Blick zu dem großen Stern an McGees Hemd. Über eine bodenlose Tiefe von Mißtrauen hinweg musterte er dann und wann den Mann, der in die Glut seiner Pfeife starrte und angestrengt nachdachte.

Stearns hatte jenen sechsten Sinn für die Gedanken und Absichten eines Mannes. Stearns spürte die Veränderung, die sich in dem Iren vollzog, förmlich in allen Fingerspitzen. Immer hölzerner wurde das grobe Gesicht mit der erdfarbenen Haut, immer enger die Augenlider, immer mehr reckte sich das eckige Kinn hervor und zogen sich die Lippen zusammen.

Zwei Jahre hatte Stearns Gelegenheit, Patrick McGee kennenzulernen, der ein schweigsamer, in sich gekehrter Riese war, der alle ihm aufgetragenen Arbeiten mit der starren Monotonie und Sorgfältigkeit einer Maschine erledigte. Stearns hatte den Iren Felsblöcke bewegen sehen, die drei Männer nicht zu einem winzigen Zittern verbringen mochten. Stearns erinnerte sich an den hageren Broncobuster aus Mitteltexas, der Schultern wie ein Bison und Beine wie kleine Cotttonwoodbäume hatte. Dieser Texaner verspottete den schwerfälligen Iren wochenlang. Er reizte ihn, wann immer er Gelegenheit dazu hatte. Er forderte McGee heraus, doch McGee hatte nur einen kurzen Blick der Verachtung für ihn übrig. Aber unmerklich ging doch eine Veränderung mit ihm vor, die niemand, außer Stearns, beobachtete. McGee begann zu denken. Stearns sah, wie er Ergebnis an Ergebnis reihte wie Perlen auf eine Schnur. Und immer hölzerner wurde McGees Ausdruck, immer kleiner seine Augen, straffer die Bewegungen seiner Hände und Beine. Und dann war es eines Tages soweit. McGee war mit dem Denken fertig. Jetzt handelte er. Und als er fertig war, sah der Texaner schlimm aus.

Ich habe einen Fehler gemacht, dachte Stearns ingrimmig. Ich hätte es nicht zulassen dürfen, daß der Sheriff ihm den Stern ansteckte. Ich habe Pat unterschätzt. Der Stern ist es, der auf seinem Hemd wie Feuer brennt. Yeah, bei diesen Iren war das so. Stearns hatte einen Iren gekannt, der nach jedem Überfall in eine Kirche gehen und singen mußte. Der Kerl war in einer unbeschreiblichen Armut auf der grünen Insel aufgewachsen, und der Haß in ihm gegen alle Besitzenden war so von Kind an in ihn hineingebläut worden, daß er nur noch vom Raube lebte. Aber darunter litt seine Frömmigkeit keineswegs. Wie oft hatte er mitten in der Nacht irgendeinen Pfarrer aus dem Bett geholt, und den Mann gezwungen, für ihn ganz allein eine Messe zu lesen. Und die Bande stand draußen auf heißen Kohlen und wartete, mit den Revolvern in den Fäusten.

Nun hatte der Hurrikan seine volle Stärke erreicht. Brocken krachten gegen die Hauswände wie Kanonenkugeln. Die mächtigen Wände zitterten und stöhnten. Krachen, Donnern, Blitze, das alles geschah nun ohne Übergang. Es fauchte, johlte, pfiff, heulte, splitterte, rumorte wie aus tausend höllischen Schlünden. Schwefelgelb wurde die Luft im Haus, und es roch nach verbranntem Pulver und Ozon. Elektrische Spannung knisterte in Haaren und Kleiderfalten.

Was soll ich tun? dachte Jim krampfhaft schon seit Stunden. Sein Bewußtsein war wie eine Sanduhr. Darin rannen immer dieselben Gedanken durch immer dasselbe Loch. Diese Kerle waren Banditen, Mörder, Totschläger, und Jim würgte der Ekel in der Kehle, wenn er sie sah. Aber sie hatten ihn befreit! Sie hatten ihn mitgenommen. Ihnen verdankte er seine Freiheit. Sie mochten sein, wie sie wollten. Sie verließen sich auf ihn. Sie erwarteten nicht von ihm, daß er sich ihnen anschloß. Doch, solange er nicht in Durango war, gehörte er zu ihnen. Er war Sträfling wie sie. Aus demselben Gefängnis. Von derselben Posse verfolgt.

Vielleicht waren einige Männer des Aufgebotes getötet worden. Wenn er sich von ihnen trennte, so würde ihn die Posse rasch haben. Jim verwarf diesen Gedanken. Nein, er *mußte* mit über den Paß, koste es, was es wolle. Er hatte auf der vierhundert Meilen langen Flucht gesehen, durch welche Tricks und Praktiken diese mit allen Hunden gehetzten Banditen den Possen entgingen. Manchmal nur um Haaresbreite. Aber Jim war sich darüber klar geworden, daß er allein noch nicht einmal zwanzig Meilen weit gekommen wäre. Und was war, glauben, daß er in die Luft geschossen hätte? Sie würden ihn in Eisen legen und zurückbringen. Diesmal würde er sein heißes Gesicht zwischen die Stahlgitter pressen und zusehen, wie man den Galgen im Hof zimmerte. Für ihn, den Mörder Jim Drago!

Der Hurrikan rüttelte mit mächtiger Faust an der Hütte.

Jim spürte den Blick des Iren auf sich ruhen und hob den Kopf. Patrick McGee sah ihn an und klopfte seine Pfeife am Stiefelabsatz aus. Immerzu sah der Mann ihn an.

Verdammt noch einmal! Was soll ich denn tun? schrie es in Jim. Ich *muß* auf ihrer Seite sein! Mann, begreifen Sie das doch! Ich bringe mich doch nicht selbst um!

Und da hockte Logan Stearns mit angezogenen Knien. Sein Hut saß so gerade auf dem Kopf, als hätte er dazu eine Wasserwaage benutzt.

Stearns beobachtete.

Keine Bewegung, kein Blick, nichts entging ihm. Als Red, der weit hinter ihm in der Ecke saß, damit fertig war, eine Zigarette zu drehen, griff Stearns in die Hemdtasche und warf Red ein langes Zündholz zu.

Hat denn der Kerl Augen im Rücken! fragte sich Jim. Während Red das Zündholz an der Wand anstrich, grinste er Stearns an. Der salzige Blick, mit dem er zuerst McGee und dann Jim streifte, bewies, daß auch er wachsam war. Aber der Unterschied zwischen ihm und Stearns war offensichtlich. Stearns gebrauchte seinen Verstand, der scharf wie ein Messer und spitz wie eine Pfeilspitze war. Red witterte alles instinktiv. Red dachte und kombinierte mit den Sinnen. Und die waren so ausgeprägt, daß er immer das Richtige tat. Das bedeutete, daß er nicht nur einen Feind sofort tötete, sondern auch jemand, der sein Feind werden könnte. Sicher war sicher. Er begegnete jeder Gefahr, indem er sie sofort und schnell erwürgte.

Stearns beobachte seit einiger Zeit bei Sally seltsame, fiebrige Unruhe, die sich durch eine besonders steife Haltung offenbarte. Stearns wurde aufmerksam und begann Sally zu fixieren. Und wie hypnotisiert kehrte Sallys Blick immer wieder zu Stearns, der sie wie ein Tiger belauerte, zurück. Sie tat, als beunruhige sie das Schaukeln der Lampe, als horche sie benommen dem infernalischen Tosen des Hurrikans, der das Haus mit schrillen Kreischtönen umheulte, als erschrecke sie jeder Brocken, der gegen das Haus krachte, daß es in allen Fugen zitterte. Aber gerade das war es, was Logan Stearns so mißtrauisch machte.

Stearns wußte eins genau: dieses Mädchen besaß einen Mut, um den es mancher rauhe Mann beneiden konnte. Sally hatte keine Angst. Etwas anderes bewegte sie und machte sie nervös. Für Stearns war prinzipiell alles, was er nicht wußte und kannte, gefährlich.

Nun bemerkte auch McGee Stearns Wachsamkeit, und in einem Augenblick, in dem Stearns die Augen schloß, warf er ihr einen raschen, warnenden Blick zu. Aber Stearns hatte es durch die Wimpern gesehen. Er lächelte Jim Drago freundlich trocken zu, als sei ihm etwas sehr Wichtiges eingefallen.

Es dauerte einige Minuten, ehe sich Sally vom Türrahmen löste und langsam in den Nebenraum ging. Stearns wartete einen Augenblick, dann war er mit einem tigerhaften Satz auf den Beinen und sprang ins Nebenzimmer.

Dort stand Sally über das Bett Burks gebeugt und fuhr schreckensbleich hoch. Wäre Stearns nur eine halbe Sekunde eher aufgesprungen, so hätte er gesehen, wie Sally den Dienstrevolver des Sheriffs unter Burks Kopfkissen steckte.

Geduckt und lauernd stand der hagere Mann vor Sally und versuchte ihr jeden Gedanken aus den Augen zu reißen. Dann überflog er rasch den Raum, in dem die Lampe an der Decke genauso schwang wie in dem anderen. Die Schublade einer Kommode stand offen. Seitwärts gehend trat Stearns an sie heran. Handtücher lagen darin, und dicht neben Burks

Kopf lag ein frisches Handtuch. Das Gefühl der Gefahr hatte Logan Stearns bis in die Haarwurzeln alarmiert.

Mit dem Daumen deutete er zur Tür, und Sally ging vorsichtig vom Bett weg.

Dann trat Stearns an das Bett und musterte alles eingehend. Er rekonstruierte im Geiste die Zeit, die Sally gehabt hatte. Er beobachtete den Bewußtlosen, dessen rascher Atem die Decke in hämmerndem Takt hob und senkte. Er sah das Handtuch, die offene Schublade, das Kissen, Sallys weit geöffnete Augen und den Ausdruck bebenden Schreckens darin. Ganz vorsichtig und langsam begann Stearns Halbkreise zu gehen. Dann legte sich seine Hand auf das Kissen, und Sally schloß die Augen.

Aus, dachte sie, vorbei! Dieser Teufel!

Aber dann kam Stearns zurück. In einer ihm selbst unverständlichen Anwandlung hatte er mit dem Handtuch den Schweiß aus Burks Gesicht gewischt. Er reichte Sally das Handtuch. Mit Mühe gelang es ihr, einen erlösenden Atemzug zu unterdrücken. Als Stearns einen raschen Blick zu McGee hinüberwarf, waren dessen Züge von undurchdringlicher Unpersönlichkeit.

Stearns ließ sich wieder auf seinem Platz nieder.

Mit unverminderter Heftigkeit tobte der Hurrikan über die Berge, riß Bäume aus, fegte Felsbrocken und halbe Wände aus ihren morschen Betten, blies jedes Krümelchen Humus aus der verstecktesten Spalte. Feuergrelle Blitze spalteten Gesteinskämme und fuhren durch eine undurchsichtige, tosende Wolke von Staub, die mit unzähligen Grasbüscheln und Sträuchern, ja sogar kleineren Bäumen durchsetzt war. Aus der Wand bröckelte es ununterbrochen auf das Randdach hernieder.

Jim Drago massierte seinen Hals, der noch vom Würgegriff Sundowns schmerzte. Jedes Schlucken bereitete Jim höllische Pein, und es gelang ihm nicht, das zu verbergen. Auch er bemerkte die alarmbereite Wachsamkeit des Banditen und die langsam abklingende Panik in dem Mädchen. Auch McGee kam ihm so steif und hölzern wie nie vor, doch Jims Instinkt für Gefahren war in der Wildnis und auf der Weide ausgebildet worden. Dort lauschte er instinktiv auf jedes Geräusch in der Natur, bemerkten seine ständig wachen Augen jede noch so geringfügige Veränderung. Für diesen stillen Kampf der Instinkte und des Verstandes war Jim zu ungeschult. Hier hatte er es mit jener Wachsamkeit zu tun, die hinter Gittern und unter Raubtieren gezüchtet wurde.

Sundown Yancey wälzte sich im Schlaf auf die Seite, und es war bezeichnend, daß er dabei den Revolver aus dem Halfter zog, bevor er sich darauf legte. Nun lag die schwere Waffe, die noch vor wenigen Stunden einen Mann getötet hatte, in einer nervigen Faust und steckte mit dem Lauf zwischen seinen Schenkeln. Jim und auch McGee sahen, daß der Daumen auf dem Schlaghahn ruhte und der Zeigefinger fest um den Stecher gelegt war.

Red Burgess bemerkte ihre Blicke und grinste bis hinter die Ohren.

Er zog wieder sein schmales Messer hervor und fuhr liebevoll mit dem Daumennagel über eine der Schneiden. Dabei lächelte er Jim an, und Jim war es, als höre er wieder seine brennend heisere Stimme sagen:

»Mit dir möchte ich einmal Truthahn spielen, Jim!«

Plötzlich fuhr Reds Arm hoch! Ein Blitz sauste quer durch die Hütte, und zitternd steckte das lange Messer dicht neben Jims Kopf in der Wand. In dem tosenden Sturm hörte man Reds Lachen nicht. Das war auch nicht nötig; denn man sah es.

Aber dieses Lachen gefror zu Eis, als der Blitz dieselbe Strecke zurückfuhr und das Messer nun dicht neben Reds Kopf in der Wand steckte.

Als Red es, plötzlich sehr humorlos geworden, aus der Wand zog, lag ein Revolver in Jims Hand. Nun war Stearns es, der breit lachte. Bei Stearns wirkte keine heitere Gemütsbewegung eigentlich wie Lachen, sondern es war mehr eine Bewegung seiner Gesichtsmuskulatur, die, dem Lachen ähnlich, nichts als Hohn oder Spott oder Zynismus ausdrückte. Zum Lachen gehörte Humor. Dafür war in Stearns' eiskalt rechnendem Hirn kein Platz. Diesmal war es Anerkennung für Jim und Spott für Red. Einen Augenblick schien Red zu überlegen, ob Jim wirklich so gut mit einem Messer umgehen könne, oder ob er nur durch einen Zufall am Leben war. Dann entschied er sich für das erstere, und man sah ihm an, daß er sich auf die neue Lage einstellte und vorsichtiger wurde.

Sally zog einen wackeligen Rohrstuhl aus einer Nische, die mit einem Vorhang bedeckt war, ließ sich darin nieder und senkte den Kopf vor Müdigkeit. Red gähnte und spielte mit seinem Messer. Dabei wechselten in seinem braunen Gesicht die Stimmungen wie Farben bei einem Chamäleon. Grinsend schaute er Jim an, wurde dann sofort wieder todernst und hieb mit der Klinge durch die Luft, wobei eine wilde Lust seine Mundwinkel heraufzog. Plötzlich war das Messer wieder verschwunden.

Ein großer Felsbrocken krachte gegen die Ostwand, daß es Red förmlich vom Sitz warf.

Stearns deutete auf die Lampe und machte die Bewegung des Nachgießens. Das Kerosin war bis auf kaum Fingerbreite ausgebrannt. Red ging zu McGee und tippte ihm gegen die gewaltige Brust, zeigte auf die Lampe.

»Du hast wohl gedacht, uns im Dunkeln ein bißchen die Köpfe aneinanderschlagen zu können«, funkelte es unmißverständlich aus seinen schwarzen Augen. Mit dem Zeigefinger fuhr er vor McGees Gesicht ein paarmal in spöttisch ablehnender Verneinung hin und her und setzte sich dann wieder.

McGee holte einen Kanister, nahm die schwankende Lampe vom Haken und füllte den Brennstoff nach. Das alles tat er mit unbeweglichem Gesicht.

Genau wie damals im Steinbruch, dachte Stearns. Dasselbe Gesicht hatte McGee gemacht, bevor er den großen Texaner regelrecht und für alle Zeiten zwischen seinen Fäusten zerbrach.

Stearns begann den Stern an McGees Brust zu verfluchen. Er schaltete seinen Verstand nun, da er McGees Gemütsverfassung erkannt hatte, ganz um. Der Ire war starrsinnig wie ein Bisonbulle, der, einmal zum Laufen gebracht, nicht mehr aufzuhalten war. Patrick McGee war Marshal. Das hatte ihn gepackt. Pflichtbewußtsein nannte man das. Und das konnte bei manchen Männern schlimmer sein als die Pocken.

Das Problem war gar nicht so einfach.

McGee durfte nichts passieren. Er war der einzige Mann, der sie über den Paß bringen konnte. Gerade jetzt, da Stearns sicher war, daß zum Beispiel der Weg, den sie geritten waren, mit Geröll turmhoch bedeckt sein mußte. Nun, wenn McGee starrsinnig war, würde man ihn eben mit dem Mädchen zwingen. Sie war seine Tochter, und er mußte sich entscheiden, ob ihm der Stern wichtiger als seine Tochter war.

Und dann war da noch Jim, der jetzt wieder

schmerzhaft das Gesicht verzog, als er schluckte. Der Junge hatte genügend Verstand, um sich seine Lage auszumalen. Wenn er McGee unterstützte, so wußte er, daß er gar nicht erst dazu kommen würde, ein Pferd zu besteigen. Selbst für den ganz und gar möglichen Fall, daß er und McGee sie drei matt setzen konnten, bedeutete es für Jim nach wie vor den Tod. Nein, der Junge war sicher. Es fiel ihm sicherlich schwer, sich dem Mädchen gegenüber nicht als starker und gerechter Mann aufspielen zu können, doch darauf würde er gerne verzichten.

Stearns lächelte wieder. Selbst, als es plötzlich an der Tür einen fürchterlichen Aufprall gab und das ganze Haus bis in den letzten Winkeln schwankte und dröhnte, lächelte Stearns. Jim, der nahe an der Tür saß, wurde von der Bank geworfen. Und nun hörte man, wie der Sturm etwas an der Außenwand entlangschob. Es schepperte und kratzte und schabte, schlug noch einmal mächtig gegen die nördliche Ecke und wurde dann davongewirbelt. Ein entwurzelter Baum, dachte McGee gleichmütig.

VI

Gegen Mittag schien der Hurrikan seine Stoßrichtung gedreht zu haben. Daß es Mittag war, sah Patrick McGee an der Uhr. Das infernalische Heulen und Tosen ebbte ab, und die Geräusche im Haus waren wieder hörbar.

»Wasser! – Wasser!« keuchte Burk im Nebenzimmer. Sally goß einen Becher voll und eilte zu ihm.

Burk war in Schweiß gebadet. Er hatte sich im Bett aufgerichtet und starrte mit unnatürlich weiten Augen durch das Mädchen hindurch.

Sally wollte ihn zurückhalten, aber Burk stemmte

sich mit großer Kraft gegen den Druck, so daß Sally ihren Vater rief.

»Wasser!« brüllte Burk. McGee hatte Mühe, ihn in das Kissen zurückzudrücken. Aber als es gelungen war, lag der Bandit mit weit geöffnetem Mund und offenen Augen da, keuchend, schluckend, und, so oft Sally ihm den Schweiß aus dem Gesicht tupfte, so oft brach er aus allen Poren wieder hervor. Viermal schlugen seine flatternden Hände dem Mädchen den Wasserbecher aus der Hand. Erst, als ihm der Ire die Hände festhielt, gelang es ihr, Burk etwas einzuflößen. Nun verschluckte sich Burk, würgte und bäumte sich wild auf. Dabei stemmte er sich gegen die ihn niederzwingenden Arme, daß er blaurot im Gesicht wurde. Endlich sank er mit einem lauten Schmerzensschrei in sich zusammen. Und von nun an tönte sein Wimmern durch das Haus. Ein Wimmern, das wie das Heulen eines geprügelten, kleinen Hundes klang, und Jim Drago die Nerven hochpeitschte.

So also starb ein Mann!

Das hatte Jim Drago noch niemals gesehen. Burks hohlwangiges Antlitz, in dem Sehnen und Muskeln so verkrampft waren, daß es einer wilden, fast tierischen Fratze glich, war fiebergerötet. Der Mund stand weit offen. Speichel rann daraus über Kinn und Hals. Die Hände hatte Burk in die Decke gekrallt. Sein Hemd war schon lange zerfetzt. Und zwischen dem ächzenden und gurgelnden Wimmern knirschte er manchmal so fest mit den Zähnen, daß man glauben konnte, er würde sie zerbrechen. Dies war ein Geräusch, das selbst dem gefühllosen Logan Stearns Kälteschauer über die Haut jagte. Dann wieder schlugen Burks Zähne in plötzlichen Frostschauern so gespenstisch hart und schnell aufeinander, daß davon das ganze Haus erfüllt war.

Zwischendurch phantasierte er unzusammenhängendes Zeug. Von einem kleinen Haus am Mississippi – von Revolverkämpfen, Überfällen, von einem Richter und dem Galgen. Immer wieder schienen seine Vorstellungen sich nach weiten Umwegen auf den Galgen zu konzentrieren. Dann zuckte sein Oberkörper hoch, er schrie und brüllte: »Ich will nicht sterben! – Ich will nicht sterben! Nein! Nicht den Strick! Nehmt ihn weg!« Kaum gelang es dem bärenstarken McGee, ihn wieder niederzudrücken. Nun lag Burk keuchend und wimmernd eine Zeitlang da, um schließlich heiser und röhrend ein Lied zu singen. Immer dasselbe Lied.

Red Burgess trat zu dem schnarchenden Sundown und rüttelte ihn.

»Wach auf!«

Kaum hatte Red die Hände zurückgezogen, da starrte Sundown ihn mit glasigen Augen an, und sein Revolver war auf Reds Leib gerichtet.

»Du bist's. Oh, mein Schädel! Was ist los?«

»Jetzt bin ich dran.«

»Wieso?«

»Ich will schlafen!« schrie Red ihn an.

Sundown nickte und erhob sich. Er sah sich um. Er betastete die hühnereigroße Beule auf dem Kopf. Er bewegte den Kiefer unter den Schwellungen, die sich nun langsam tiefblau zu färben begannen. Dann grinste er schief und lauschte auf das Wimmern von Burk.

»Was ist denn mit dem los?« fragte er Stearns.

»Hörst du doch«, knurrte Stearns. Stearns war müde. Und wenn Stearns müde war, hatte er schlechte Laune. Noch breiter grinsend trat Sundown auf Jim Drago zu, bückte sich und fuhr mit dem Zeigefinger über die ebenfalls blauroten Würgemale an Jims Hals.

»Hahaha«, lachte er tief, und sein widerlich nach Whisky und Mundgeruch duftender Atem schlug dem Jungen ins Gesicht. »Na, wie geht es denn unserem Cowboy? Schluckbeschwerden? – Hahaha! – Mann, das geht einem ja auf die Nerven!« Sundown trat an die Tür, dehnte den Oberkörper zurück, riß den Mund auf, gähnte und reckte die Arme. Dann fuhr er sich übers Gesicht, als wolle er einen Schleier vor seinen Augen wegziehen. »Warum wimmert er denn so wie ein junger Hund?«

Er sah Burk schweißüberströmt sich im Bett hektisch von einer Seite auf die andere wälzen. Sein Kopfverband schimmerte weiß im fahlen Licht der Lampe. Draußen heulte der Wind und prasselten Grasbüschel gegen die Wände.

McGee gab Jim einen Wink, und er öffnete die Tür. Ein eiskalter Windstoß fuhr den Männern erfrischend in die Kleider. McGee öffnete die Läden. Graues Tageslicht ergoß sich in das Haus.

»Du hast mir ganz schön eins auf die Nuß gegeben«, sagte Sundown grinsend zu Sally. Sundown war ausgeschlafen. Und das hob seine Laune. Er lachte unmotiviert in sich hinein und starrte den phantasierenden Burk an, dem Sally Wasser reichte.

»Gut steht dir das. Du siehst so fraulich aus dabei. Wenn man dich so sieht, kann man es gar nicht glauben, daß du Sundown Yancey eine Pfanne übers Dach gehauen hast.«

Sally warf dem Revolvermann einen frostigen Blick zu. Wieder lachte Sundown und tastete über den aufgeschlitzten Rücken seines Hemdes.

»Ah, yeah, das wirst du mir nähen. Der gute Stearns hat es zerrissen, weil er so ein großer Mann ist. Nicht wahr, Stearns, du bist doch ein großer Mann?«

Der salzige Virginier maß ihn kühl. Er schwieg und beobachtete Jim Drago, der im heftigen Wind stand und sich gegen die Tür stemmte.

»Hahaha, der Dicke hat tausend Dollar – siehst du, Hank?« rief Burk aus dem Nebenraum. »Die Wells Fargo wird nichts als verkohlte Leichen finden!«

Sundown wanderte durch den Raum und suchte nach Whisky.

Mit einer Schüssel kehrte Sally zurück und blieb müde an der Kommode stehen, wischte sich Haarsträhnen aus dem Gesicht und starrte mit übernächtigten Augen blicklos zu Boden.

Plötzlich roch sie Sundowns fuselgeschwängerten Atem neben sich und fuhr herum.

»Du wirst doch sicherlich noch irgendwo so eine kleine Flasche stehen haben. Sei ein nettes Mädchen und gib sie mir!«

»Scher dich zum Teufel!«

»Paß doch auf!« brüllte Burk. »Schieß doch! – Schieß! – Schieß doch . . .« Sein Gebrüll verschluckte sich und endete in einem Schwall von blitzschnell hervorgesprudelten, unverständlichen Worten. Dann begann er wieder zu wimmern.

»Nicht doch, Pfannen-Sally!« rief Sundown, der immer aufgekratzter wurde. »Hahaha – Pat, deine Tochter heißt ab heute Pfannen-Sally! Was sagst du dazu?«

Der Ire stemmte mit Jim die Tür wieder zu, und wischte sich den roten Staub aus den Haaren. Sein Stern glänzte matt.

»Laß das Mädel in Ruhe!«

Ganz wider alles, was man von seinem Charakter erwarten konnte, nickte Sundown zufrieden, wandte sich ab und hockte sich an den Tisch. Er beachtete

McGee nicht mehr. Er holte seinen großen Revolver hervor, legte ihn auf den Tisch und begann damit zu spielen.

»Logan. Ich habe einmal alles in meinem Gedächtnis zusammengestellt, was ich über Tombstone hörte. Die Kutschen müssen so schwer von Geld sein, daß die Pferde sie kaum ziehen können. Mensch, Stearns, du knobelst die Dinger aus, und ich verteile das Blei . . .«

»Nicht hängen! – Ich will nicht hängen!« heulte Burk, und Sundown warf zuckend den Kopf herum. Von der Bank her klang Red Burgess' Kichern.

Stearns schwieg. Der Rotkopf zerbiß einen Fluch zwischen den Zähnen.

»Hm – yeah, und das Leben, das wir haben werden«, fuhr Sundown stockend fort, »Whisky, Frauen, frische Betten, feines Essen und die Taschen voll Geld, solche Packen – hahaha, Logan, schau her, solche Packen Geld. Mehr Geld, als ein Hund Flöhe hat.«

Aus dem Nebenzimmer gellte ein schriller Aufschrei.

»Nicht! – Ich will leben! – Ich bin noch so jung! Laßt mich leben! – Laßt mich leben! Lieber Gott, laß mich leben!«

Sundown schoß fahle Blässe ins Gesicht und färbte es aschgrau. Er knallte den Revolver auf den Tisch und stützte beide Hände auf die Tischkante, und als Burk hemmungslos zu schluchzen begann, da schien es, als verliere Sundown die Nerven.

»Flennerei, elende!« zischte er bleich. Und schrie dann Stearns an: »Wie lange sollen wir uns denn das noch anhören?«

Die Antwort gab Patrick McGee.

»Solange es dauert, Sundown. Bis er tot ist.«

Sundown stieß den Kopf über den Tisch auf Stearns zu.

»Seit wann kann der sich erlauben, das Maul aufzumachen?«

»Wir brauchen Pat. Laß ihn reden. Und sieh zu, daß ich niemals in eine Revolvermündung zu sehen brauche. Das macht mich nervös.«

Rasch drehte Sundown seinen Revolver auf dem Tisch so, daß die Mündung auf eine leere Wand zeigte. Er starrte Stearns an. Er lauschte. Doch Burk schwieg nun für einen Augenblick. Nur sein keuchender Atem war zu hören. Sundown sah sich wieder hinter den Gittern stehen und mit brennendem Bewußtsein hinaus auf den Hof starren, wo sie das Gerüst zimmerten. Ein breites hohes Gerüst mit einem mächtigen Querbalken und einer Falltür, die ausprobiert wurde. Sundown spürte, wie seine Hände zu zittern begannen. Er schüttelte den Kopf und fühlte den Schmerz in den Haaren. McGee wuchtete das Brett vom Kamin weg und stellte es neben Red Burgess an die Wand.

»Ich habe Durst!« schrie Sundown plötzlich, zu Sally herumfahrend. »Koch Kaffee!«

»Das ist eine gute Idee.« Stearns nickte und leckte sich die trockenen Lippen. »Machen Sie ihn nicht zu schwach, Sally. Pat, setz dich einmal dorthin. Ich muß mit dir reden.«

»Rede.«

»Also gut, wenn du stehen willst. Hör zu, Pat, ich will jetzt wissen, zu was du dich entschlossen hast.«

»Ich bin Marshal.«

»Aha, Marshal bist du! – Und was bedeutet das?«

»Das fragst du mich?«

»Yeah! Das frage ich dich. Und du wirst mir gefälligst eine Antwort darauf geben!«

»Die sollst du haben! In meinem Hause wurde ein Sheriff erschossen. Ermordet. Kaltblütig, brutal und feige niedergeschossen!«

»Weiter«, sagte Stearns sanft. »Sprich dich aus.«

McGee lächelte müde. Er nahm den Stern ab, betrachtete ihn und steckte ihn wieder an.

»Als ich vierzehn war, schenkte mir mein Vater einen Hund. Ich züchtete den Hund groß, und ich hatte keinen besseren Freund als ihn. Dann kam der Tag, an dem mein Vater auf einem Karren ein Kalb brachte. Der Hund hat es gerissen, sagte mein Vater. Und wenn ein Hund das einmal tut, so wird er immer wieder Kälber reißen. Mein Vater ging ins Haus, holte ein Gewehr und gab es mir. Es ist dein Hund, sagte er, also mußt du es auch erledigen!«

»Das war in Ordnung«, sagte Stearns nickend. »Du hast deinen Hund also erschossen?«

»Yeah.«

»All right, dann wollen wir jetzt von uns sprechen.« Stearns riß ein Zündholz an und hielt es über den Pfeifenkopf. Durch die Flamme sah er den Iren neugierig an.

»Damals hatte ich einen Hund. Jetzt ist's ein Stern. Du bist rechtskräftig Marshal, das haben wir gesehen. Als Marshal mußt du uns verhaften, Pat! Es genügt nicht, uns nicht über den Paß zu bringen. Du mußt uns verhaften oder erschießen. Ist dir das klar?«

»Vollkommen.«

»Der hat ja den Verstand verloren«, lachte Sundown.

»Du hältst jetzt einmal deinen Mund! Soweit sind wir also. Wir sind drei – hm – «, Stearns schaute zu Jim Drago hinüber und verbesserte sich, »nein, vier sind wir. Sundown hat einen guten Namen als Revolvermann. Red ist kaum weniger schnell, und von mir brauche ich dir ja nichts zu erzählen. Wie der Junge schießt, weiß ich nicht. Aber ich traue ihm etwas zu. Du bist nicht nur allein, du hast nicht nur keine Waffe, sondern auch noch eine Tochter! Da ist also keine andere Chance für dich, als getötet zu werden. Ist das soweit richtig, Pat?«

Patrick McGee nickte.

»Das ist soweit richtig, Stearns.«

»Weiter. Glaubst du, daß du einen, oder zwei oder drei von uns überwältigen oder töten kannst? Siehst du auch nur den Schatten einer Chance?«

»Du verstehst nicht, was ich meine, Stearns. Ihr habt in meinem Hause einen Sheriff umgebracht!«

»Pat, hör zu: Ich werde feststellen, wie weit deine Sturheit geht. Red?«

Der Halbindianer hatte fest geschlafen, aber als er seinen Namen hörte, war er sofort wach.

»Yeah?«

»Hast du die Würfel noch?«

»Yeah.«

»Steh auf, und setz dich an den Tisch. Hast du geschlafen?«

»Yeah.«

»Pat spielt verrückt.«

»Das wußte ich. In seinem Kopf ist Kuhmist statt Verstand.«

»Du wirst jetzt mit Sundown um das Mädchen würfeln.«

Jim Drago schoß eine rote Welle über das Gesicht. Er sprang auf.

»Das mache ich nicht mit, Stearns!«

Stearns verlagerte die Pfeife von einem Mundwinkel in den anderen und zog seinen Colt. »Das verlangt auch niemand von dir!«

Jim rückte mit einer nervösen Bewegung seinen

Waffengurt zurecht, seine Oberlippe war feucht von Schweiß. »Stearns, ich muß auch über den Paß; aber ich sage dir, laß das Mädchen aus dem Spiel!«

Aus den Augenwinkeln warf Stearns ihm einen kurzen, stechenden Blick zu. Er glaubte nicht, daß Jim Ernst machen würde. Aber es würde nicht leicht sein, ihn niederzuhalten. Sofort wieder wandte er seine Aufmerksamkeit dem Iren zu, der nun langsam die über der mächtigen Brust gefalteten Arme auseinandernahm. Sally bewegte sich langsam auf den Eingang zum Nebenzimmer zu, und in diesem Augenblick begann Burk wieder zu schreien.

»Stopp!« befahl Stearns, »Sie bleiben hier, und rühren sich nicht von der Stelle!«

»Aber – der Verwundete . . .«

»Lassen Sie ihn brüllen. Der hört auch wieder auf! Los, Red, würfelt!«

Man sah, daß Sundown einen heißen Kopf hatte. Er musterte das Mädchen mit einem Blick, daß Sally schauderte.

»Bleib stehen, Pat!« Der Revolver war genau auf McGees Leib gerichtet. Red feuchtete die Unterlippe mit der Zunge an und legte die Würfel auf den Tisch. »Bleib stehen!« warnte Stearns den Iren wieder, doch McGee kam mit angewinkelten Armen ganz langsam auf Stearns zu. In seinen grauen Augen wetterleuchtete es, und eine Welle von unbeirrbarer Energie strahlte von ihm aus.

»Schieß!« Das klang wie brechendes, altes Holz. »Schieß, Stearns! Dann bist du verloren!«

Jim schrie: »Geben Sie doch nach, Mister McGee! Es gibt eine Katastrophe! Sehen Sie denn das nicht? Stearns schießt Sie nieder!«

»Das wird er nicht tun! Aber ich werde ihm den Hals umdrehen, mit diesen meinen Händen werde ich dir den Hals umdrehen, Stearns!« Näher kam der Riese. Langsam, stetig, geduckt, ein Berg von flammendem Zorn.

Stearns sprang auf.

»Zum letzten Male, Pat, bleib stehen!« donnerte er, aber seine Stimme flatterte.

»Bleiben Sie stehen!« Jim hatte die Hand so fest um den Revolverkolben gekrallt, daß die Knöchel weiß durch die Haut schienen. »Um Gottes willen, bleiben Sie stehen! Stearns, ich schieße mit! Du kannst dich darauf verlassen, daß ich mitschieße!«

»Hahaha«, lachte Sundown. »Mein Eisen zeigt genau auf deinen Bauch, Goldjunge. Logan, du brauchst nur mit dem Auge zu zwinkern, und ein Cowboytraum ist ausgeträumt.«

McGee ging weiter auf Stearns zu. Es schien nichts anderes mehr für ihn auf der Welt zu geben als diesen hageren Mann, der zwei Totschläger um seine Tochter würfeln ließ. Etwas Unheilvolles lag in der Art, wie er die mächtigen Schultern nach vorne schob, so, als erwarte er die Kugeln, und wolle sich ihnen entgegenwerfen, damit ihm noch Kraft genug blieb, Stearns zu packen.

»Pa!« schrie das Mädchen.

Sundown lachte meckernd, und aus dem Nebenraum brüllte Burk Paxton:

»Ich will nicht hängen! Ich will nicht! Ich will nicht!«

»Stearns!« schrie Jim in höchster Erregung auf, »ich schieße! Sundown wird mich treffen, aber ich schieße, verlaß dich darauf!«

»Und ich werde dich zwischen meine Finger kriegen, Stearns!« Näher kam McGee. »Du hast viel zu wenig Kugeln in deinem Colt, um mich aufzuhalten!«

Da wußte Stearns, daß er den Bogen überspannt

hatte. Der Schweiß brach ihm aus allen Poren. Er starrte McGee an, Jim Drago, Sundown und Red, die beide bereit waren. Langsam wich Stearns zurück. Aber dann kam die Wand, und es ging nicht mehr weiter.

Ein heftiger Krampf schüttelte den Cowboy. Er wußte, daß es jetzt ans Sterben ging, und er dachte daran, daß Sally, wenn alles vorbei war, Sundown und Red ausgeliefert war. Stearns würde McGee treffen, er würde Stearns, und Sundown würde ihn treffen.

In seiner Verzweiflung sprang Jim zwischen Stearns und McGee.

»Sind Sie denn von Sinnen?« brüllte er in das steinerne Gesicht hinein. »Sollen wir uns gegenseitig umbringen und Sally den beiden da überlassen? McGee! Kommen Sie zu sich! Zum Teufel, Mann . . .«

»Geh mir aus dem Weg!«

»McGee, um Himmels willen . . .«

Eine furchtbare Gewalt schleuderte den gewiß nicht leichten Jim Drago wie eine Puppe zur Seite, und weiter marschierte McGee auf Stearns zu.

Stearns schluckte, und so etwas wie Angst krallte sich in seinen festen Nacken, schnürte ihm den Hals zu. Seine Hand mit dem Revolver reckte sich vor. Er tastete sich an der Wand entlang zurück, und McGee folgte ihm. Wenn er McGee erschoß, waren sie alle verloren. Das wußten auch Sundown und Red.

»Pat! Bleib stehen! Es ist gut, – wir – ich meine, wir – wir lassen sie aus dem Spiel!«

»Du Schwein! Du schmutziges, feiges Schwein!« brach es aus McGees Mund hervor. Aber McGee blieb stehen. Es war, als hätte Stearns eine Naturkatastrophe aufgehalten. McGee stand und richtete sich wieder auf. »Du Schwein!« murmelte er. »Du wärst gestorben, so wahr ich hier stehe!«

Es gab nicht einen, der daran zweifelte, und Stearns schon gar nicht.

In diesem Augenblick erklang aus dem Nebenraum ein furchtbarer Schrei. Etwas Dumpfes polterte zu Boden. Der Wasserkrug rollte durch die Tür. Und dann stand Burk Paxton im Türrahmen.

Er hatte sich den Verband vom Kopf gerissen. Blut lief ihm in die weit aufgerissenen Augen. Der Mund war weit offen und brüllte, Kopf und Hals feuerrot, das Hemd zerrissen. Er hieb den Kopf mit furchtbarer Wucht gegen die Türblende. Seine Fingernägel rissen tiefe, blutige Furchen in die Brust. Während sich sein Oberkörper wie eine Feder nach hinten bog, warf er abwechselnd seine Beine umher, als gehörten sie ihm nicht.

»Haaaah – «, brüllte er, und der unmenschliche, teuflische, tierische Ausdruck seines Gesichtes, der aus dem Munde rinnende Speichel, sein Geschrei und sein ganzer Anblick, der nichts Menschliches mehr an sich hatte, ließen die anderen erstarren. Selbst dem völlig gefühllosen Halbindianer wich die Farbe aus dem Gesicht. Er sprang auf und trat an die Wand zurück. »Haaaah – Yaaaahuuuu! – Wir treiben die Greaser in den Rio Grande – yaaaahuuuu! – Wir hängen sie an . . .« In Burks Bewußtsein schien eine Klappe zu fallen. Er rannte plötzlich wie aus der Pistole geschossen gegen den Tisch, stürzte, raffte sich auf, fiel und stand wieder und schlug sich den Kopf und die Hände kaputt. » . . . hängen sie – hängen – Haaaah! – Hängen! – Hahaha! – Hängen! – Hahaha . . .« Das gellende Gelächter brach plötzlich ab. Burk Paxton sank wie eine nasse Zeitung zusammen und rührte sich nicht mehr.

McGee hob ihn auf. Sally hatte Gelegenheit, den Dienstrevolver rasch zwischen die oberen beiden Matratzenteile zu stecken. Sie hatte noch kaum das Bettuch darüber gelegt, als Stearns sich mißtrauisch umschaute.

Draußen heulte der Sturm durch die Felsen. Überall vernahm man das Poltern, Krachen und Zerplatzen fallender Brocken.

McGee legte Burk ins Bett zurück. Sally erneuerte den Verband und untersuchte schaudernd die tiefen Verletzungen, die sich Burk an Kopf und Armen beigebracht hatte.

»Spürt er denn das nicht?« fragte Jim.

»Nein«, antwortete Stearns. »Man könnte ihm jetzt ein Bein abschneiden. Er würde keinen Mucks von sich geben. Offenbar ist das Gehirn verletzt.«

»Wir sollten Schluß mit ihm machen«, hörte man Sundown. »Er faselt soviel vom Hängen und Galgen, daß mir schon ganz komisch geworden ist.«

»Burk stirbt, wie er gelebt hat!« McGee sah Jim dabei an. »Das ist oft so. Da war einer im Gefängnis, dem erschienen nachts die, die er umgebracht hatte . . .«

»Hör auf!« rief Sundown.

»Warum willst du nichts hören? Du bist doch so ein großartiger Revolvermann! Du schießt doch einen Mann zwischen einem Bissen Steak und einem Schluck Kaffee nieder! Das macht dir doch gar nichts aus! Der große Sundown Yancey! Alles zittert, wenn seine Verbrechervisage auftaucht! Er schießt seinen eigenen Vater nie . . .«

Da geschah etwas völlig Unerwartetes! Sundown wurde knallrot, dann leichenblaß. »Aufhören!« brüllte er. »Aufhören!«, und er sprang den Iren wie ein Tiger an und warf ihn um. Aber noch im Fallen hieb ihm der Ire die flache Hand voll und mitten ins Gesicht, daß Sundown rücklings gegen Stearns prallte. Der hielt schlagbereit seinen Revolver über Sundowns Kopf und erkundigte sich kalt:

»Willst du dich jetzt zusammennehmen, oder muß ich mal anklopfen?«

Aus blutunterlaufenen Augen stierte Sundown ihn an.

»Was regst du dich denn so auf? Es sieht ja gerade so aus, als hättest du deinen Vater umgebracht!«

Noch nie in seinem Leben hatten Stearns solche Augen angesehen. Sundown warf sich herum und stampfte zu seinem Platz zurück. Zwischen Stearns' buschigen Brauen stand eine steile Falte. Der Gedanke, daß Sundown Yancey seinen eigenen Vater getötet haben mochte, war selbst diesem hartgesottenen Manne zuviel. Aber ihn hatten die Angelegenheiten anderer noch nie sonderlich interessiert. Und so ließ er Sundown in Ruhe. Nur Red, der sich neben Sundown niedergelassen hatte, kicherte hämisch in sich hinein.

Jeder ist im Grunde des anderen Feind, dachte Jim. Sie verachten, hassen und mißachten alles, außer sich selbst. Sie sind grausam, brutal, zynisch, kalt und mörderisch, wenn es sich um andere handelt. Aber sobald es um sie selbst geht, sind sie feige. An Burk war es offenbar geworden. Die Bewußtlosigkeit hatte ihm jede Beherrschung, jede Scham und jeden falschen Stolz genommen. Man hatte ihn gesehen, wie er war, ganz nackt und ohne die Maske der Selbstbeherrschung. Das war also der harte Burk Paxton, der lachend den alten Storebesitzer niedergeschossen hatte! Ein winselndes, von grauenhafter Angst und Furcht geschütteltes, durch und durch feiges Häuflein schmutziger Mensch!

Jim Drago spürte, wie ihn der Ekel packte.

Selbst Logan Stearns, der ihm immer wie die fleischgewordene eiskalte Furchtlosigkeit und steinharte Berechnung vorgekommen war, hatte im Angesicht des Todes gezeigt, daß er im Grunde seiner schwarzen Seele feige und furchtsam war!

Aber Patrick McGee, dieser Hüne mit den von harter Arbeit verhornten Händen, mit der erdfarbenen Lederhaut, die von zahllosen Stürmen verwittert war, dieser Mann kannte keine Furcht. Dieser Mann war gerade wie ein Baum, dessen Wurzeln tief im Boden verankert sind.

Welch ein Unterschied!

Jim Drago fühlte, daß sich in dieser Hütte sein ganzes, künftiges Leben entschied. Und darüber dachte er nach. Jim Drago war sehr jung und wild. Er hatte ein heißes Temperament und liebte es, seine rauhe Jugendkraft zu spüren und an allem zu messen, an dem sie zu messen war. Er hatte noch nicht viel über das Leben nachgedacht. Er wußte nur, was richtig und was falsch war. In diesen wenigen Stunden war Jim Drago um viele Jahre älter geworden. Das Gefängnis, auch noch die Flucht, das war alles noch irgendwie abenteuerlich gewesen, nervenkitzelnd, prickelnd, spannend, wild und rauh. Doch jetzt war alles anders.

VII

Gerade, als Burk Paxton erwachte, wischte ihm Sally das Gesicht ab. Burk war in der kurzen Zeit sichtlich verfallen. Kinn und Nase waren spitz geworden, und unter der Haut des Mundes zeichneten sich die Zähne unmerklich ab.

Sally blieb stehen und blickte in die matten dunklen Augen, in denen nun wieder bewußtes Leben war.

»Ah, yeah, Sie sind Pats Tochter.« Burks Stimme war heiser und fast tonlos. »Sie heißen Sally, nicht wahr?«

»Yeah, Sally!«

Burk nickte langsam, so, als habe er nicht mehr viel Kraft und es koste ihn Mühe.

»Danke, Sally. Sie – Sie sind die erste Frau seit vielen Jahren, die sich so um mich kümmert.«

»Haben Sie Durst, Burk?«

»Durst? Yeah, Durst habe ich.«

»Dann warten Sie, ich hole Ihnen etwas.»

»Danke.«

Jim trat nun ein. Er unterdrückte ein Gähnen. Jim war so müde, daß ihm die Augen brannten.

»Jim?«

»Ah, du bist wieder da.« Jim trat näher und setzte sich auf einen Schemel.

»Jim, mich hat's erwischt. Ich bin bald über den Jordan. Ich habe keine Schmerzen mehr. Mein Kopf fühlt sich an, als gehöre er mir gar nicht.«

Sally hob einen Becher an seine Lippen, und er trank durstig.

»Jim, sie haben mich liegen lassen, nicht wahr, Sally, ich muß sterben?«

»Yeah, Burk.«

»Warum sind Sie eigentlich so gut zu mir? Ich bin ein verdammt übler Bursche, Sally!«

»Reden wir nicht davon.«

»Yeah, gut, wenn Sie wollen.« Burks Augen zogen sich zusammen. Am Fußende des Bettes stand Logan Stearns und blinzelte ihn übernächtigt an. Ein tagealter Stoppelbart aus grauen Haaren bedeckte Stearns' Gesicht.

»Dir geht es wohl nicht schnell genug, bis ich abschramme?«

»Mach dir darum keine Sorge, Burk. Ich meine nur, daß ein Mann sich wünschen sollte, daß es schnell gehe.«

»Yeah, da hast du recht. Ihr werdet also über den Paß gehen. Hey, ist das Tag? Es ist ja ganz hell!«

»Nachmittag«, sagte Sally.

Burks Denkvermögen schien nur tropfenweise zu funktionieren. Er schloß die Augen und öffnete sie erst wieder nach einer ganzen Weile.

»Nachmittag. Dann war ich also bewußtlos. Der Sturm hat ja immer noch nicht nachgelassen. Wie das heult. Ah, Pat, das hast du nun davon, daß du den Paß so gut kennst. Was – was ist denn das da?«

»Ein Marshalstern, mein Junge«, antwortete Stearns. »Unser irischer Freund ist Sheriff geworden.«

»Sie haben den Sheriff von Conejos erschossen, als er in meinem Hause Schutz suchte. Jetzt bin ich der Marshal. Du kannst beruhigt die Augen zutun, Burk. Keiner von ihnen wird über den Paß kommen.«

Burk verarbeitete es wieder einige Minuten mit geschlossenen Augen. Dann sagte er leise: »Da kennst du aber Stearns schlecht, Pat. Du bist ein toter Mann, wenn du sie nicht über den Paß bringst.«

»Das habe ich ihm auch schon gesagt. Aber ihm liegt nichts am Leben, Burk. Auch was mit seiner Tochter passiert, kümmert ihn nicht.«

»Was soll mit seiner Tochter passieren?»

»Wir haben lange keine Frau mehr gesehen, nicht wahr, Burk?« Das war der flammenhaarige Sundown, dessen verbeultes Gesicht hinter Stearns auftauchte.

»Ihr seid Hunde! Ganz erbärmliche Hunde. Seht, wie sie mich pflegt.«

»Sie wird Gelegenheit haben, uns genauso zärtlich zu pflegen«, sagte Sundown kichernd. »Sage, Burk, hast du noch immer Schmerzen? Du brauchst nur ein Wort zu sagen, und ich mache das. Ein letzter Freundesdienst, verstehst du? Ein Knall, und dir tut kein Zahn mehr weh. So bin ich zu dir. Warum siehst du mich so an? Das ist bei uns so üblich, oder etwa nicht?«

Burk schwieg und starrte Sundown an.

»Geh raus, Sundown, mir wird von deinem Anblick schlecht.«

Sundown lachte meckernd, doch Stearns stieß ihn in die Rippen, und Sundown ging.

»Weißt du, Stearns, es war doch ein verpfuschtes Leben, wenn man so darüber nachdenkt. Immer gejagt. Immer gehetzt. Niemals hatte man Ruhe. Immer mit dem Schießeisen im Bett. Stearns, ich hätte nie gedacht, daß man plötzlich so klar denken kann.«

»Wenn du eine Bibel haben willst, Pat besitzt eine. Sally wird dir gern daraus vorlesen.« Burk überhörte den beißenden Spott.

»Nein, keine Bibel. Ein alter Satan wie ich sollte das nicht. Stearns, ich nehme es dir nicht übel, daß du mich liegen gelassen hast. Ich hätte dich auch liegen gelassen. Aber es ist eine Schweinerei. Wenn du nicht auch so enden willst wie ich, Jim, so geh deinen Weg allein. Laß Stearns reiten, wohin er will!«

»Sie könnten mal wieder was zum Beißen machen und Kaffee kochen«, wandte sich Stearns an das Mädchen.

»Und vielleicht denken Sie einmal darüber nach, wie es weitergehen soll. Ein kleiner Ritt über den Paß, und ihr seid uns für alle Zeiten los. Was den

Sheriff betrifft, so wird niemand von Ihrem Vater verlangen, daß er schwerbewaffnete Sträflinge aufzuhalten versucht.«

»Ich habe schon darüber nachgedacht, Stearns. So wie Sheriff Barker wußte, daß mein Vater einmal in seinem Leben einen schweren Fehler machte und dafür büßte, so werden es bald auch andere wissen. Und man wird wissen, daß ihr mit ihm zusammen im Gefängnis wart.«

»Ich gebe zu, daß es eine schwierige Situation für euch ist. Aber das ist doch immer noch mehr, als hier begraben zu werden.«

»Logan Stearns«, sagte das Mädchen fest. »Ein Mensch wie Sie kann nicht wissen, was Gastrecht, Gewissen und Pflicht sind. Das ist der Grund, warum Sie es nicht begreifen.«

»Es geht hier nicht darum, was ich begreife oder nicht, sondern einzig darum, daß wir entweder über den Paß kommen, oder hier alles dem Erdboden gleichmachen. Eins steht fest, wenn wir um unser Leben kämpfen müssen, habt ihr beide es überstanden. Und um diesen Dickschädel weich zu machen, wird mir jedes Mittel recht sein. Verstehen Sie das gut, Sally, ich sagte *jedes* Mittel!«

Das Mädchen ging in die Küche.

»Ich werde jetzt das Essen machen!«

»Sie ist meine Tochter«, sagte McGee stolz.

»Deine Tochter! Deine Tochter! Du verdammter Narr!« Stearns war nun zum erstenmal erregt. Scheinbar sah er keinen Ausweg aus dem Dilemma. Patrick McGee war so unbeugsam störrisch wie ein Maulesel, wenn er sich einmal etwas in den Kopf gesetzt hatte. Stearns warf einen raschen Blick über McGees Schulter und sah, daß Sundown ganz hinten am Ende des Wohnraums saß und mit einem Holz in seinen Zähnen stocherte. Red schlief. Auch er hielt, wie vorher Sundown, seinen Revolver in der Faust.

»Pat«, flüsterte Stearns. »Ich mache dir einen Vorschlag. Es hat doch keinen Sinn, daß wir uns gegenseitig umbringen. Damit ist niemandem gedient. Ich verstehe, daß du in ein sehr schiefes Licht kommst, wenn man den Sheriff hier findet. Aber du kannst doch sagen, daß es Burk gewesen ist. Burk wird bis dahin längst tot sein.« Stearns wandte sich an Burk. »Hast du gehört?«

»Alles, Logan. Ich habe Ohren wie ein Luchs.«

»Das ist doch eine feine Lösung. Du hast den Sheriff erschossen. Sie werden dir dafür vielleicht eine Ladung Erde mehr aufs Gesicht werfen, aber das kann dir egal sein!«

»Nein«, murmelte Burk, und seine Augen wurden langsam hell. Nun endlich hatte Burk wieder etwas, mit dem er sich rächen konnte. Das schien ihn mobil zu machen, seine letzten Kräfte aufzustacheln. Jim Drago saß neben seinem Bett und krampfte die Hände ineinander. War so etwas denn überhaupt möglich?

»Was hast du gesagt?« fragte Stearns.

»Nein, Logan!«

McGee stand vor Stearns, ganz dicht, und funkelte ihn aus halbgeschlossenen Lidern an.

»Sage, Stearns, gibt es eigentlich etwas, das du nicht tun würdest, um deinen Kopf zu retten?«

»Nein«, fauchte der Virginier. »Nichts, Pat. Absolut nichts. Ich lebe nur einmal. Und solange ich andere sterben sehe, solange bin ich noch da, nicht wahr. Das ist die einfachste Rechnung, die es gibt.« Stearns schoß ein Gedanke durchs Hirn, der ihn förmlich zu elektrisieren schien.

Wieder schielte er zu Sundown hinüber, der hingebungsvoll in seinem Munde arbeitete. Dann sah er McGee an. Sein Blick wanderte zu Jim und Burk hinüber und wieder zu McGee, der an die Kommode zurückgetreten war und die Arme ineinander verschränkt hatte.

»Hm«, sagte Stearns tückisch lauernd und begann umherzuwandern. Immer zwei Schritte vor McGee hin und wieder zwei Schritte zurück. »Daß in deinem Hause ein Sheriff erschossen wurde, wurmt dich am meisten, nicht wahr? Moment, Pat, unterbrich mich nicht! Jetzt denke ich laut, und du hörst zu.« In der Küche begann Speck in der Pfanne zu brutzeln. Der Sturm führte jetzt Regen mit sich, der gegen das Haus prasselte, als würde ein überdimensional riesiger Sack mit Sand langsam darüber ausgegossen.

»Gut, Patrick McGee, so sollst du deinen Willen haben. Ich komme dir entgegen. Ich will vermeiden, daß deinem Mädel was geschieht. Das würde auch unserem armen Jim zu nahe gehen. Nicht wahr, Jim?«

Mißtrauisch schielte Jim zu ihm hinüber. Was brütete Stearns nun jetzt schon wieder für eine Teufelei aus? Dasselbe schien McGee zu denken. Sein Gesicht wirkte schläfrig und gelangweilt; aber Stearns ließ sich nicht täuschen. Stearns wirkte geradezu fröhlich. Er klatschte die Hand gegen den Revolverkolben und reckte das Kinn vor.

»Yeah, natürlich. Die Sache ist völlig klar. Du hast dein Prinzip gesattelt, und ich reite es. Du wirst sehen.« Plötzlich drehte er sich um und marschierte auf Sundown zu. Als er zwei Schritte vor dem Feuerkopf stand, zog er den Revolver und richtete ihn auf Sundowns Kopf.

»Steh auf, Sunny«, sagte Stearns.

Zuerst starrte Sundown ihn verständnislos an, den

Mund offen, den Holzspan zwischen zwei Backenzähnen. Dann grinste er, als handele es sich um einen nicht gerade guten Witz.

»Aufstehen, habe ich gesagt!«

Sundown klappte den Mund zu, zog den Holzspan heraus und starrte Stearns verständnislos an.

»Was soll der Revolver?« knurrte er mißtrauisch.

»Das wirst du sehen! Jim, komm hierher! Achte, daß du Sundown nicht deckst!« Nun stand Sundown in seiner vollen, schlaksigen, sehnigen Größe da.

Er schielte nervös in die Revolvermündung, sah, wie sich Red langsam erhob, wie Sally aus der Küchennische trat und die Hände an der Schürze abwischte. Jim kam näher, und Red warnte McGee!

»Bleibe wo du bist, Pat. Das scheint ein Spiel unter uns zu sein!«

Stearns grinste breit, als er sah, daß er den Halbindianer richtig eingeschätzt hatte.

Nun brach es aus Sundown heraus, als Jim neben ihm stand und Stearns fragend anblickte:

»Was, zum Teufel, soll das Theater! Steck endlich das Schießeisen weg!«

»Tut mir leid, Sundown. Nimm ihm den Colt aus dem Halfter und wirf ihn Red zu, Jim!«

»Der rührt meine Kanone nicht an!« bellte Sundown cholerisch.

»Dann muß ich dich erschießen, Sundown, und das täte ich vielleicht ganz gerne!« erklärte Stearns kalt.

»Was willst du denn?«

Als Red den Revolver aufgefangen und einen zustimmend brummenden Laut von sich gegeben hatte, begann Stearns:

»Du hast den Sheriff erschossen. Damit hast du Pat in eine ziemlich üble Lage gebracht. Jetzt muß ich seine Sturheit füttern. Und zwar mit dir!«

»Was?« brüllte Sundown Yancey.

Aus dem Nebenraum ertönte Burks leises, mühsames Lachen.

»Jetzt wirst du verkauft, Sundown! Stearns schlägt dich wie ein Ei in die Pfanne! Pat ist Marshal geworden und braucht einen Mörder für seinen toten Vorgänger. Hahaha – jetzt wirst du an die Leine gebunden und dem Puma zum Fraß vorgeworfen!« Burks Stimme sprach noch weiter, aber sie war nicht mehr zu verstehen.

Der rothaarige Sträfling wurde immer größer. Langsam klappte sein Unterkiefer herab, und er schüttelte den Kopf. Nein, das begriff er nicht! Davon verstand er kein Wort. Im Gegensatz zu Red, der verstanden hatte und grinste.

»Was?« brüllte Sundown wieder, und es war, als fiel ihm ganz einfach kein anderes Wort ein.

Stearns nickte kalt.

»Yeah. Es ist, wie Burk sagte. Erstaunlich, daß sein Verstand noch so prompt funktioniert. Pat braucht einen Mörder. Und der bist du! Das ist doch ganz einfach!«

»Du bist ja doch wohl verrückt geworden!« schrie Sundown, krebsrot im Gesicht, los. »Du willst mich an den Galgen liefern?«

»Genau das! Oder weißt du einen anderen Ausweg? Los, kühle dich ab! Dein Toben beeindruckt mich nicht im mindesten. Du weißt, wie Pat ist! Ich habe keine Lust, eine Frau mißhandeln zu lassen. Das habe ich nie zugelassen. Nicht, weil ich weichherzig bin, sondern weil mir das so in den Knochen liegt. Pat selbst ist nicht zu erpressen. Das hast du ja gesehen. Der ließe sich kaltblütig umbringen. Dann aber sind wir alle geliefert.«

»Nun hör schon auf mit dem Quatsch! Das weiß ich alles selbst!«

»Desto besser. Es freut mich, daß man vernünftig mit dir reden kann. Also los. Ich mache mir zwar nichts daraus, was du von mir hältst, doch du sollst Gelegenheit haben, bessere Vorschläge zu machen. Wie können wir Pat veranlassen, uns über den Paß zu bringen? Was er dagegen hat, ist, daß erstens in seinem Hause ein Sheriff umgebracht wurde. Zweitens, daß man herausfinden wird, daß wir mit ihm zusammen im Gefängnis waren, und er drittens in eine üble Lage kommt, wenn er nichts als den toten Sheriff vorweisen kann. So, wie kommen wir nun über den Paß?«

»Aber wir haben doch das Mädel!« rief Sundown.

»Das ist nur ein halbes Argument! Jim spielt verrückt, wenn ihr was geschieht, und . . .«

»Dann nimm doch ihm seinen Knaller ab, zum Teufel!«

»Nein«, lächelte Stearns. »Mit Jim habe ich noch allerhand vor. Und was Pat auf diese Drohung mit seiner Tochter geantwortet hat, weißt du ja. Einen anderen Vorschlag, Sundown. Laß dir was einfallen.«

Stearns Revolver war gespannt. Sein nerviger Daumen lag auf dem Schlaghahn, und Sundown wußte ganz genau, daß es Ernst war. Wenn Stearns etwas tat, war es immer Ernst.

»Ihm fällt nichts ein!« Das war Red Burgess. »Und wenn ich es mir richtig überlege, so gibt es auch gar keine andere Lösung. Menschenskind, Sundown, nun denke einmal kameradschaftlich. Was ist es schon? Gehenkt worden wärst du sowieso. Und bis es soweit ist, hast du noch tausend Gelegenheiten, wieder zu fliehen.«

Da stieß Sundown ein hysterisches Gelächter aus.

»Kameradschaftlich! Ich soll mich kameradschaftlich am Halse aufhängen lassen, damit ihr in Durango in die Betten kriechen könnt!«

Stearns zuckte die Schultern.

»Was willst du? Wir hätten es in einem anderen Falle ausgelost, wie das so die Art ist. Aber du hast Barker erschossen, daran besteht wohl kein Zweifel.«

»Und ihr?« brüllte Sundown, »wart ihr etwa damit einverstanden?«

»Natürlich waren wir das. Es ist eben Pech, daß du immer so schnell mit dem Schießen dabei bist! Pat, ich stelle dir jetzt Fragen: Hat er den Sheriff in deinem Hause erschossen?«

»Yeah«, antwortete McGee, der in der Tür zum Nebenraum stand und einen Zug um den harten Mund hatte, der das größte Maß an Widerwillen und Verachtung widergab, dessen er fähig war. Nun kam bald seine Chance, auf die er gewartet hatte.

»Yeah! Yeah! Ich habe ihn erschossen! Und?«

»Nun reg dich doch nicht auf«, versuchte Red ihn mit seinem aufreizend höhnischen Spott zu beruhigen. »Du bist ein Mörder, und Pat ist – hahaha – Marshal! Wenn man einem Marshal einen Mörder in den Rachen wirft, geht es ihm, wie einem Wolf mit einem Schaf. Wer kaut, kann nicht beißen! Wenn ich es gewesen wäre, würde ich mich jetzt dort hinstellen und – Kameraden, würde ich sagen – hahaha – Kameraden, ich opfere mich für euch. Selbstverständlichkeit. Ehrensache für einen anständigen Gauner. Ich will dir eine Geschichte erzählen, die dich versöhnlich stimmen wird . . .«

»Zur Hölle mit deinen Geschichten! Das mache ich nicht mit.«

»Hör zu, Mann des Friedens! Da war einmal ein

Soldat der Staatenkavallerie mit einem Teton-Siouxpfeil tot aufgefunden worden. Daraufhin schickte der Kommandeur der sechsten Kavallerie einen Parlamentär zu den Häuptlingen und forderte die Auslieferung des Mörders. Er gab ihnen zehn Stunden Zeit dazu. Nach Ablauf dieser Frist würde er den ganzen Stamm mit Artillerie und vier Regimentern mit Stumpf und Stiel ausrotten. Weißt du, was die Sioux taten?«

»Laß mich in Ruhe mit deinen elenden Geschichten!« schrie Sundown und überlegte krampfhaft, wie er Stearns nur für den Bruchteil einer Sekunde ablenken könne. Dicht neben ihm lag der eiserne Schürhaken des Kaminfeuers.

»Ein junger Teton meldete sich freiwillig, stellte sich den Soldaten und ließ sich hängen, damit dem Stamm nichts geschehe. Nun, Sundown, das ist menschliche Größe. Du willst dich doch nicht von einem Indianer beschämen lassen!«

»Bringen wir es zu Ende«, sagte Stearns. »Wie willst du ihn sicher unterbringen, Pat?«

»Im Pferdestall, die Haferkammer.«

»Gut«, sagte Stearns, und sein Colt brüllte auf. Die Kugel traf Sundown hoch in den rechten Oberarm und warf ihn gegen die Wand. Dort sank er auf die Bank, preßte die Hand gegen die Wunde und gurgelte:

»Du Satan! Wenn ich davonkomme, werde ich dich bis ans Ende der Welt verfolgen! So weit kannst du gar nicht laufen, so tief gar nicht verkriechen, als daß ich dich nicht finden würde. Und dann gnade dir Gott, Stearns!«

»Das war – das war . . .«, knirschte Jim mit eckigem Gesicht, und Stearns schrie ihn an: »Was war das, he? Du hast wohl immer noch nicht begriffen, daß es hier um das nackte Leben geht! Während wir uns hier nicht rühren können, wird die Posse wohl schon in Conejos sein. Du kennst nicht Sheriff Hap March! Aber ich! Er hat mich ein halbes Jahr kreuz und quer durch die Staaten gejagt, ehe er mich stellte. Und Red auch! Gegen March ist der Teufel selbst eine harmlose Witzfigur! Ich will über den Paß! Und das willst du auch, oder nicht? Dann bleibe hier, und du wirst sehen, wie sie dich aufhängen! Das wirst du Idiot erst begreifen, wenn du wieder in einem sauberen Bett liegst und den lieben Gott einen guten Mann sein läßt!«

»Ich werde ihn verbinden«, sagte Sally.

Stearns winkte ab.

»Ich bewundere Ihr Samaritergemüt, Sally. Es ist nicht das erste Loch in seinem Fell, das nicht verbunden wird. Und wie Sie sehen, hat ihn das nicht gehindert, sich gerade auf Sie zu konzentrieren.«

»Jetzt ist er verwundet«, rief das Mädchen. »Ich wünsche nichts mehr, als daß ihr alle so rasch wie möglich baumelt; aber . . .«

»Quatsch nicht soviel!« raunzte Sundown. »Ich brauche keinen Verband! Das blutet bald aus. Aber du hast einen Fehler gemacht, Logan! Du hättest mich umbringen müssen! Bis jetzt hast du immer für mich gedacht, und ich tat, was du sagtest. Jetzt werde ich meinen Verstand anstrengen. Du kannst sicher sein, daß dabei etwas herauskommen wird! Ich finde dich! Und dann kannst du was erleben!«

»Wickele ihn ein, Red!« Stearns steckte den Revolver ins Halfter zurück. McGee wollte ins Nebenzimmer. »Warte, Pat.«

»Ich hole Stricke.«

Stearns überwachte jede seiner Bewegungen. Dann wurde Sundown, der die Zähne zusammenbiß und stark blutete, von Red gebunden. Als Stearns mit McGee ihn hinausbrachten, lachte Red das Mädchen an: »Sind wir nicht ein prächtiges Kleeblatt? Ich glaube, wenn wir irgendwo ohne Nahrung überwintern müßten, würden wir uns gegenseitig auffressen. Immer einer nach dem anderen.«

»Wie können Menschen nur so grausam und brutal sein!«

»Das verstehst du nicht, eh? Sieh Jim an, der versteht es auch nicht. Jim hat das Gemüt einer Wärmflasche. Sobald man mit der Nadel in sie hineinpickt, läuft sie aus! Hahahah, das ist von mir!«

»Sagen Sie, Red?« fragte das Mädchen. »Warum beklagt ihr euch eigentlich, wenn man euch hetzt und jagt und schließlich zum Tode verurteilt?«

»Habe ich mich beklagt? Diese da verstehen nicht zu sterben. Das ist es! Wenn mir jemand etwas nimmt, was mir gehört, so töte ich ihn. Wenn mich jemand tötet, dem ich etwas genommen habe, so ist das in Ordnung. Es ist gar nicht nötig, daß du das begreifst. Das ist so. Du kannst einen Wolf noch solange mit Milch füttern, er wird deshalb doch nie eine Kuh!«

»Ihr seid die widerlichste, verkommenste Bande, die mir je begegnet ist«, sagte Jim.

Sofort verwandelte sich Reds ruhiges Gesicht, und es wurde angespannt, scharfsinnig lauernd, tückisch.

»So. Du bist ein guter, wilder Junge, Jimmy! Ich weiß! Hohes Gras, Herdenfeuer, Cowboyballaden, Banjo und Steaks am laufenden Band!«

»Und Fairneß!« brüllte Jim. »Wir Jungens gingen füreinander durch jedes Feuer, und einer paukt den anderen heraus, wenn er kann. Ihr seid stinkende Wanzen, die anderen das Blut absaugen! Ungeziefer auf zwei Beinen! Man sollte euch alle mit Petroleum übergießen und anzünden, damit die anderen euer Geschrei hören. So vertreibt man Ratten!«

»Jimmy, Jimmy, du kannst es mir glauben: mit dir spiele ich Truthahn! Und das dauert gar nicht mehr so lange!«

»Wenn gespielt wird, spiele ich mit!« gab Jim hart zurück, und von diesem Augenblick an nahm er sich vor, Red nicht mehr aus den Augen zu lassen.

VIII

Sally betrat nun, da der mißtrauische Stearns draußen war, das Nebenzimmer, und Red ließ sie gehen, weil er nichts von dem versteckten Revolver wußte. Aber Sally sah sofort, daß Burk wieder bewußtlos war und genau auf der Stelle lag, an der sich der Revolver befinden mußte.

Sie hörte das harte Rasseln von Jims Sporen und richtete sich auf.

Jim wischte sich linkisch mit der Hand über den Mund und sah sie an.

»Na, Jim?« Sally lächelte den großen, rauhen Jungen freundlich an.

»Hm, das ist vielleicht nicht der richtige Ort – bestimmt ist es auch nicht die richtige Zeit – hm, ich meine – aber ich müßte es eigentlich wissen, bevor es hier so oder so zu einem Ende kommt. Sie sind eine Frau und wissen, wovon ich rede.«

»Ja, Jim.« Sally war etwas rot geworden, »ich glaube schon.«

»Hm – mein Vater sagte einmal, Jim, sagte er, wenn es dir bei einer Frau passiert, daß ihr Daumennagel dir wichtiger als eine Flasche Whisky ist, dann hol sie zu dir in den Sattel und fange was Richtiges an.«

»So. Und – hat Ihr Vater noch mehr gesagt?«

»Yeah. Sally – hm, ich bin sehr ungeschickt. Ich habe mich noch nie um Mädchen gekümmert, sondern nur immer – na, ja, deshalb bin ich ja, deshalb bin ich ja auch eingesperrt worden.«

»Sie wollen sagen, daß Sie mich lieben, Jim?« Sally war nun flammendrot geworden. Aber sie mußte Jim entgegenkommen; denn sie hatten nicht viel Zeit. Dann nickte er heftig, und sein braunes Gesicht wurde ganz dunkel. In seiner Verwirrung sah der braune Bursche unsagbar hilflos aus.

»Yeah, Sally. Sagen Sie mir, ob eine Chance besteht, daß Sie eines Tages für mich – ich meine . . .«

»Ja, Jimmy. Die Chance besteht. Aber ich kann nur einen Mann lieben, den ich auch achten und respektieren kann.«

»Yeah, natürlich. Aber – ich weiß, was Sie meinen.«

»Dann ist es gut, Jim. Dann müssen Sie auch wissen, was Sie tun müssen.«

Ein heftiger Windstoß fegte durchs Haus. Sally trat an die Fensteröffnung, und Staerns stand mit McGee wieder im Wohnraum. Sie waren beide naß bis auf die Haut.

»Na, das Gröbste scheinen wir hinter uns zu haben«, meinte Stearns. »Ist das Essen soweit?«

»Das Feuer ist mir ausgegangen.«

»Dann machen Sie ein neues!«

»Wie sieht es denn draußen aus?« fragte Red.

»Man sieht nichts. Der Regen ist wie ein dichtes Kissen. Zünde das Feuer im Kamin wieder an.«

»Mache ich, Logan. Langsam wird es Zeit, daß wir an den Aufbruch denken.«

»Die Posse sieht nicht mehr als wir. Der Sturm

kann ja nicht ewig blasen. Sobald es einigermaßen ruhig wird, reiten wir los.«

»Was sagst du dazu, Pat?« Red kauerte vor dem Kamin und schaute über die Schulter den Iren an.

Etwas Schweres krachte auf das Dach. McGee hob den Kopf. Kleinere Brocken folgten. Dann polterte es wieder heftig, noch einmal und anschließend rieselte es das etwas schräg gebauteDach herunter.

McGee war ganz wachsam geworden.

»Wo kam das her?«

»Aus der Wand natürlich«, antwortete McGee nachdenklich.

Alle starrten hoch.

Stearns murmelte: »Aber die ist doch vollkommen glatt.«

»Scheinbar doch nicht so ganz«, meinte Red. »Ich kann nicht behaupten, daß es mir Spaß machen würde, hier zusammengepappt zu werden wie Brotteig. Logan, wir müssen raus und uns das ansehen.«

Rumms! Wieder krachte ein schwerer Brocken auf das Dach.

»Pa, so große Brocken waren es noch nie!« stieß das Mädchen hervor.

»Was sagst du, Pat? Was hältst du davon? Schließlich ist es ja dein Haus, und du kennst es lange genug.« Stearns schien der Gedanke, unter der Wand begraben zu werden, auch nicht gerade Vergnügen zu bereiten.

Mit zerfurchter Stirn starrte McGee das Dach an.

»Der Regen wird vom Sturn gegen die Wand gepeitscht und wäscht sie blank.«

»Wäscht sie blank! Hoho, das müssen ganz anständige Brocken sein, die da blankgewaschen werden! Das Dach ist fast zwei Fuß dick!«

»Nicht fast, genau zwei Fuß!«

Jetzt klang es, als werfe jemand eine Handvoll kleinere Steine gegen eine steinerne Wand.

»Pat, was bedeutet das?« fragte Stearns.

McGee Hob die Schultern an.

»Offengestanden, es kam im Jahr höchstens einmal vor, daß ein paar Brocken darauf fielen, wenn ein besonders schwerer Sturm gewesen war. Aber das da müssen ganz anständige Dinger gewesen sein.«

Sie standen da mit gereckten Köpfen und warteten. Es blieb ruhig, nur die von dem Sturm getriebenen Regenmassen umpeitschten das Haus. Durch das Fensterglas war nichts zu sehen. Dort rannen fingerdicke Wasserströme herunter.

Endlich blies Stearns die Backen auf, und stellte sich an das aufzüngelnde Kaminfeuer.

»Was machst du eigentlich im Winter, wenn Schnee fällt? Das soll doch gerade hier besonders wild sein. Hier ist doch gerade General Fremont mit über hundert Maultieren und seiner ganzen Kolonne draufgegangen.«

»Wenn Fremont dieses Haus gehabt hätte, wäre er nicht umgekommen.«

Patrick McGee stellte sich ebenfalls an das Feuer und rieb sich die Nässe aus den Augen. Red saß am Tisch und schnupperte den Geruch des bratenden Specks. Jim Drago vergewaltigte sein Hirn nach einem Ausweg. Aber es gab nur zwei: Entweder er floh vor der Posse, und dann stand er, wenn auch indirekt, auf Stearns' Seite. In diesem Falle mußte er wahrscheinlich nicht nur gegen McGee kämpfen, sondern er verlor todsicher das Mädchen. Oder er stellte sich der Posse und kämpfte auf McGees Seite gegen die beiden Banditen. Kampf würde es auf jeden Fall geben. Der unerschütterliche Starrsinn McGees ließ nichts anderes als Kampf zu. Und was es bedeutete, wenn Kerle wie Stearns und Red um ihr nacktes Leben kämpften, das brauchte sich Jim gar nicht erst auszumalen.

Nach allem, was Jim erlebt hatte, brannte er geradezu darauf, die Banditen niederzukämpfen. Aber was hatte Sally davon, wenn sie einen Mann achtete und respektierte, den sie sich nachher vom Galgen abschneiden könnte?

Immer wieder flogen seine Blicke zu Sally hinüber, und oft sah er ihre Augen groß und fragend und irgendwie voll ängstlicher Ungewißheit auf ihn gerichtet.

Im Innern hatte Jim sich schon längst entschieden. Er wußte, daß er auf McGees Seite kämpfen würde. Aber würde ihn dann McGee auch über den Paß bringen? Würde Sally mitgehen oder nachkommen?

Der Gedanke, das Mädchen nicht mehr wiederzusehen, machte Jim ganz verrückt.

Er erinnerte sich an seinen Revolverkampf mit Pike Jessup. Damals hatte Pike ihn herausgefordert. Sie standen sich auf zwanzig Schritte in der Straße gegenüber, und Pike zog. Dann war es zu Ende. Mit einer durchschossenen Schulter stolperte Pike zum Arzt. Es war nur ein Schuß gefallen, und das war sein eigener gewesen. Damals trat ein hochgewachsener Mann mit blassem Gesicht und einem feierlich schwarzem Gehrock auf ihn zu und sagte, daß er ein Naturtalent sei. Aus ihm könne ein ganz großer Hüftschütze werden. Jim hatte den gewaltigen Schnauzbart des Mannes gemustert und dann den langen Buntline Colt an seiner Hüfte gesehen. Er sei Wyatt Earp, sagte der Fremde. Er habe gewiß schon von ihm gehört. Er müsse sich jetzt gleich überlegen, welchen Weg er gehen wolle. Das sei so bei den wenigen großen Schützen, die es gäbe. Irgendwann würden sie schießen müssen oder schießen wollen, das bleibe sich gleich. Aber irgendwann würde auch er mal schießen, und dann käme es darauf an, auf welcher Seite er stände. Er schlage ihm deshalb vor, den Stern anzunehmen und Revolverarbeit für das Gesetz zu leisten.

Wir brauchen diese Revolverarbeit im Westen, sagte Wyatt Earp, und der melancholisch scharfe Zug in seinem hageren Gesicht vertiefte sich. Und ein Junge wie er gerate leicht in den falschen Sattel. Wie waren damals Wyatt Earps Worte? Jim erinnerte sich genau an sie. Er hatte sie nie wieder vergessen, ebenso wenig wie das hagere, blasse Gesicht, den langläufigen Colt und die glasharten, melancholischen Augen.

»Ich habe manchem Jungen diesen Vorschlag gemacht, Jim. Einige haben ihn angenommen. Sie leben noch, und es geht ihnen gut. Andere nahmen ihn nicht an. Sie sind tot. Der letzte war Jonny Ringo. Ich hatte ihn sehr gern. Trotzdem mußte ich ihn erschießen. Wenn du mich suchst, so wirst du überall hören, wo ich zu finden bin.«

Das war Wyatt Earp! Und Wyatt Earp war gerade Sheriff in Tombstone! Das hatte er auf der Flucht mehr als einmal gehört. Waren das die unsichtbaren Fäden, die das Schicksal für jeden Mann spann? Zwei Fäden, wie der alte Cherokee sagte, von denen sich ein Mann den richtigen aussuchen könne, aber nur einmal in seinem Leben.

Jim gähnte und spürte die Blutergüsse in seinem Gesicht. Der Hals schmerzte stark. Sein Schlund schien förmlich zuzuwachsen.

Wie oft waren sie johlend und schießend durch eine Stadt geritten, daß sich die Hausbewohner manchmal flach auf den Boden legen mußten, um von den Kugeln, die die dünnen Bretterwände glatt durchschlugen, nicht getroffen zu werden!

Was wäre passiert, wenn er, als er damals die halbe Stadt in Aufruhr versetzte, unglücklicherweise einen Menschen getroffen hätte, ein Kind?

Jim schauderte vor diesem Gedanken, und es wunderte ihn, daß er erst jetzt an so etwas dachte.

Sally stellte Teller auf den Tisch. Bald darauf saßen sie alle vor Schinkenspeck mit Eiern, vor Sauerteigbrot und dampfendem Kaffee, und jemand, der zufällig durchs Fenster gesehen hätte, wäre es nicht im Traume eingefallen, etwas anderes zu vermuten, als daß dort eine friedliche und harmlose Gesellschaft beim Abendbrot sitze.

*

»Unser Jimmy gefällt mir gar nicht, Logan. Er gefällt mir schon die ganze Zeit nicht.« Red hielt die Gabel in der linken Hand. Die Rechte war unter dem Tisch. Das hatte Jim schon lange gemerkt: sobald auch nur irgendwie die Möglichkeit einer Gefahr zu spüren war, reagierte Red wie ein Jaguar.

»Laß doch unseren Goldjungen in Ruhe!« brummte Stearns, und er warf den hundertzwanzigsten Blick an die Decke.

»Sprich dich aus, Red. Du glaubst gar nicht, wie gut es mir tut, einem Kerl wie dir nicht zu gefallen.«

Etwas überrascht hob Red die schwarzen Brauen. Der rauhe Ton in Jims Stimme und die Ironie, die darin mitschwang, befremdete ihn. Aber trotzdem grinste er von einem Ohr bis zum anderen und stopfte sich den Mund voll.

»Logan, das sieht doch jedes Maultier: Der Junge ist von Pat beeindruckt. Und wenn er nicht in Sally verschossen ist, will ich ein Chinamann sein.

Schau, wie rot sie wird. Na, bitte.«

Stearns sah auf und runzelte nachdenklich die Brauen. Ein verliebter junger Bursche wie Jim Drago war unberechenbar. Das wußte er. Nun schaute er Jim an und nickte.

»Na ja. In wen sollte er sich sonst vergaffen? In dich, Red? Ha, Sally ist das einzige Mädchen hier. Well, Jim – übrigens, Sally, der Speck ist ausgezeichnet – yeah, was ich sagen wollte, Jim, ich meine, ich verstehe durchaus, daß dir vieles an uns nicht paßt. Bevor ich Soldat wurde, war ich auch Cowpuncher. Damals jagten wir noch Büffel. Dann wurde ich Mitglied bei Quantrill, und ich lernte, daß man nur einen einzigen Freund hat, und das ist man selber!«

»Quantrill!« Pat McGee nickte. »Die mörderischste Halunkenbande, die je den Westen unsicher gemacht hat. Ganze Orte haben sie mit Frauen und Kindern ausgerottet. Vom Mississippi bis tief nach Kansas hinein war Quantrills Spur mit Blut getränkt.«

»Stimmt!« Stearns zuckte die Schultern. »Hast du schon mal einen Krieg erlebt, in dem Wein statt Blut vergossen wird? Ich hatte eine kleine Ranch, Jim. Ich war so jung wie du. Ich hatte eine Frau und zwei Kinder. Und du kannst mir glauben, daß sie mir alles bedeuteten. Dann, als ich zurückkam, saßen die Yankees auf meiner Ranch. Meine Frau war begraben. Sie hatten sie wie einen Hund verscharrt, in einem Massengrab mit Negern und Soldaten zusammen. Eine weiße Frau. Meine Frau. Missis Katherine Stearns! Da habe ich mich Quantrill angeschlossen und meinen eigenen Krieg weitergeführt. Und das kann ich dir sagen: sie haben es gebüßt! Hundertfach!«

»Wieder Unschuldige, die genauso unschuldig waren wie Ihre Frau, Stearns!« rief Sally.

»Yeah, yeah, ich weiß!«

»Nun hör schon mit dem rührseligen Unsinn auf! Wir sitzen hier, und in vielleicht zwölf Stunden ist Hap March da! Solange dieser Goldjunge dasitzt, und das Mädchen anhimmelt, solange rechnet Pat sich eine Chance aus! Das ist es!« Red Burgess kaute trotz der heftigen Worte seelenruhig und trank den heißen Kaffee. »Du hast Sundown eingesperrt, damit Pat seinen Mörder hat. All right, das paßt mir. Bleibt nur noch Jim.«

Jim Drago wußte, daß Stearns sich jetzt, wenn er mit Red kämpfte, nicht einmischen würde. Das konnte sehr bald anders sein.

Jim lächelte den Halbindianer mit engen Augen an und nahm die Gabel in die linke Hand.

»Jim ist doch nicht verrückt! Wenn er der Posse in die Hände fällt, ist er geliefert, das steht fest!« Das war Stearns' Meinung, und davon war er nicht abzubringen.

»Er *ist* verrückt!« schnappte Red. »Von mir aus kannst du vierzehn Affen an ihm gefressen haben. Es geht um *meinen* Kopf, und der ist mir wichtig genug. Ich gehe kein Risiko ein.«

»Was willst du also?« knurrte Stearns unwillig.

»Ich denke, daß er zuerst einmal ein braver Junge ist und seinen Revolver abgibt! Dann werden wir beraten, was mit ihm geschieht.«

»Dazu müßten aber von deiner Sorte mindestens ein halber Rothäutestamm am Tisch sitzen«, lächelte Jim.

»Ich hänge deine Haut an meinen Zaun, darauf kannst du dich verlassen! So, und jetzt bleibe ganz ruhig sitzen, Jim. Mein Colt zeigt genau auf deinen Bauch. Logan, sage es jetzt, wenn du was zu sagen hast.«

Stearns warf dem Halbindianer einen raschen Blick

zu. Der war nicht zu übertölpeln wie Sundown.

»Du hast noch viel Zeit zum Überlegen, Stearns«, meinte Jim, wobei er Red nicht aus den Augen ließ. »Meine Haut ist für deinen Zaun zu schwer! Dein Lasso hat einen Bruch, Comanche! Und wenn es dich interessiert: mein Revolver ist auf deinen Nabel gerichtet.«

Überrascht warf Stearns den Kopf zu Jim herum. Was? Konnte er einen Jungen so unterschätzen? Und nun sah Stearns auch, daß Jims Hand unter dem Tisch war. Und das hatte Red nicht gemerkt? Stearns begann zu lachen. Und je schärfer Reds breites Gesicht wurde, desto mehr lachte Stearns.

Dann stand Stearns auf, faßte den Tisch an beiden Kanten und hob ihn etwa zwei Fuß hoch.

Nun sah man es: Jims Colt war auf Red und dessen Waffe auf Jim gerichtet. So saßen sie da und starrten sich an.

»Hahaha«, lachte Stearns. »Das Bild ist reif für eine Zirkusnummer! Was jetzt, Red?«

Ohne daß sich sein Mund bewegte, stieß Red hervor: »Da siehst du es! Wie kommt er auf den Gedanken, den Colt auf mich zu richten? Woher wollte er wissen, daß ich ihn auf ihn richtete? Logan, das ist der Beweis! Er wollte mich abtun! Ich wette, daß er es mit Pat verabredet hat.«

»Ich habe noch keinen Mann erschossen, ohne ihm eine Chance zu geben. Aber das wirst du Kojote ja nie begreifen!«

»Das glaube ich ihm, Red! Er war nur mißtrauisch. Hahaha, und wie man sieht – hahaha, nicht ganz ohne Grund!«

»Red, jetzt will ich einmal sehen, was hinter deinem großen Maul steckt.« Jim wirkte plötzlich ganz anders. Sein Gesicht war hart bis in die letzten Falten geworden. Seine blauen Augen funkelten. »Ich habe mir dein lächerliches Getue nun lange genug angesehen. Ich bin es satt, dauernd vor einem hinterhältigen Mordschützen auf der Hut zu sein! Stearns, du hast Sundowns Colt. Entferne alle Patronen bis auf eine!«

»Hm.« Stearns blickte Jim an und dann Red. Er wunderte sich, daß er der Aufforderung sofort nachkam.

»Laß die Trommel rotieren!«

Mit der flachen Hand rollte Stearns die Trommel.

»Und jetzt halte mir die Mündung an die Schläfe und drücke ab!«

Die Worte schwangen im Raum wie messerscharfe Klingen. Stearns begann zu grinsen. Sally stieß einen unterdrückten Schrei aus, und McGees Mund öffnete sich langsam. Keiner sagte ein Wort. Red und Jim hielten die Colts aufeinander gerichtet, und ließen sich nicht aus den Augen. Aber in Reds braune Augen trat nun ein hektisches Flimmern. Er wußte, was dieses Spiel bedeutete.

Stearns hielt die Mündung an Jims Schläfe, spannte den Hahn.

»Nein!« schrie das Mädchen und sprang auf.

»Es gibt für mich nichts anderes als dich auf der Welt«, hörte man Jim leise zu Red sagen. »Glaube nicht, daß mich etwas ablenken könnte. Sowie in deiner Mündung eine Flamme erscheint, hast du meine Kugel im Bauch!«

»Jim! Nein, das darfst du nicht tun! Das ist verrückt! Das ist frivol! Das ist Wahnsinn! Pa, sag doch was! Tu doch was!« Der Ire rührte sich nicht.

»Das ist ein Männerspiel, Sally! Und es ist ein verdammt hartes, wenn ich nicht irre!«

Da sank Sally auf ihren Stuhl zurück, und Stearns,

der doch wahrhaftig mehr als viel vertragen konnte, spürte, wie sich ein dünner Schweißfilm auf seiner Oberlippe bildete. Dann krümmte er den Zeigefinger.

Jim biß die Zähne zusammen.

»Klick!« machte der Schlaghahn, und das Mädchen krampfte die Hände ineinander.

»So, und jetzt geh zu Red!« sagte Jim.

Der Indianer hatte wilde Nerven. Im Kampf waren sie hart wie Stahl. Aber solche Geduldsproben schienen nicht sein Fall zu sein.

Stearns ging zu Red und hielt den Colt an seine Schläfe. Kein Muskel rührte sich im gemeißelten, starren Gesicht des Comanchen.

»Los, mach schon!« zischte er, aber Stearns ließ sich Zeit.

Eine Sekunde.

Zwei Sekunden.

Die Blicke der beiden Männer hatten sich wie feurige Zangen ineinander verkrallt und ließen sich nicht mehr los. Jim war kalt bis in die Stiefel hinein. Red spürte, wie ein schwerer Tropfen seine Achselhöhle herunterkullerte.

Und dann krümmte Stearns ein zweitesmal den Zeigefinger. Ganz langsam. Sally quollen die Augen aus den Höhlen. Steif wie aus Holz saß Red.

»Klick!«

In den unergründlichen Tiefen von Reds Pupillen blitzte Triumph auf.

»Nun gehe wieder zu Jim«, zischte er wild.

Jim nickte Stearns zu.

»Yeah, weiter, Stearns! Nach dem vierten Mal wiederholen wir das Spiel! Bis einer umfällt oder aufgibt!«

»Ha, Junge, warum hast du mir nicht früher gesagt, was für ein verteufelter Bursche du bist!« rief Stearns begeistert, und hielt Jim die Mündung an die Schläfe.

Der Ire ergriff den Arm seiner Tochter und zwang sie wieder auf den Stuhl nieder. Sally war papierweiß geworden.

Und Stearns wandte sich an Red.

»Ist der Junge nicht gut?«

»Er gäbe einen guten Highwaymann ab«, stimmte Red zu. »Jetzt werde ich dich sterben sehen, Jim!«

»Abwarten, Stearns, du kannst dir Zeit lassen!«

»Das werde ich auch. Aber nicht länger wie bei Red. Nicht wahr, McGee, bei solchen Männerspielen muß man korrekt bleiben!«

Der Ire sah aus wie eine halbvollendete Holzplastik. Sein mahagonifarbenes grobes Gesicht zuckte.

Stearns' Zeigefinger drückte langsam den Abzug.

Die Stille war so vollkommen, daß man eine Laus hätte kriechen hören können. Niemand fiel es auf, daß der Sturm sich gelegt hatte. Niemand hörte das leise Rauschen des Regens.

»Klick!« machte der Schlaghammer, und nun war der tiefe Atemzug McGees deutlich zu hören. Das Mädchen sank förmlich in sich zusammen.

»Du bist dran!« sagte Jim. Seine Stimme war klar und hart und scharf.

Stearns ging zu Red.

Stearns' müde Züge hatten sich gestrafft. Seine Mundwinkel zitterten vor Spannung. Es sah aus, als wäre dies für ihn der größte Spaß seines Lebens. Er setzte Red die Revolvermündung an den Kopf und spannte den Hahn.

Die Chance, daß der Hahn diesmal wieder auf eine leere Kammer fallen würde, war zwei zu eins.

Red brach der Schweiß aus allen Poren.

»Mach schon!« Seine Stimme war heiser, und der Revolver in seiner Hand zitterte von dem angestrengten Druck, mit dem er gehalten wurde.

Wieder ließ sich Stearns Zeit. Diesmal sagte er kein Wort.

Eine Sekunde verging.

Für Red eine Ewigkeit.

Zwei Sekunden.

Man hörte, wie er die Zähne zusammenbiß, daß der Zahnschmelz knirschte.

»Jetzt, Red!« flüsterte Stearns und drückte den Abzug durch.

»Klick!«

Red rann salziger Schweiß ins linke Auge. Er kniff es zu. Durch das krampfhafte Zwinkern hielt er Jims Blick gepackt.

»Von vorne!« sagte Jim.

»Hört auf! Hört auf damit! Das ist ja unmenschlich!« Sally war in Schweiß gebadet. Ihr Atem keuchte.

Stearns ließ die Handfläche ein paarmal an der Trommel abrollen und hielt nun wieder Jim den Colt an die Schläfe.

»Los!« zischte Red. »Nun mach schon!«

»Verdirb Stearns das Vergnügen nicht. Laß mich braten, Stearns! Wir wollen sehen, wessen Haut an wessen Zaun gehängt wird!«

Als endlich der Hahn wieder »klick!« machte, wurde Reds Hautfarbe aschgrau. Sein salziger Schweiß rann in den Revolverlauf, und als Stearns den Hahn spannte, begann Red zu zittern. Er wurde rot und fast schwarz im Gesicht vor Zorn darüber, daß er zitterte, aber seine Nerven gehorchten ihm nicht mehr. Es war zuviel für ihn.

»Warte!« stieß er hervor, und seine Hand mit dem Revolver sank herab.

Das »Männerspiel« war zu Ende.

Sally sah es und begann zu schimpfen. Es gab für sie kein anderes Ventil, ihrer furchtbaren Angst um Jim Luft zu schaffen.

»Oh, du – du – du! Männerspiel! Ein Spiel für hirnverbrannte Idioten ist das! So etwas kann auch nur den Kuhgehirnen der Texaner entspringen! Kein Mensch darf so mit seinem Leben spielen! Das ist eine Gotteslästerung, wie es keine zweite gibt! Wenn du jetzt tot wärst, was dann? Wem verdankst du, daß du noch am Leben bist? Deinen Nerven? Deinem Starrsinn? Deinem Mut und deinem Willen? Glück gehabt hast du! Ein Spieler bist du! Ein Hasardeur! Reite doch mit ihnen! Du paßt dazu! Und jeden Sonntag macht ihr Männerspiele! Nicht wahr, Stearns? Ein toller Junge, der Jim Drago! Der kann es noch zu was bringen! Zwei Vorstellungen am Abend! Hereinspaziert! Der Mann ohne Nerven! Jim Drago, der Todesverächter! Texanische Männerspiele! Das Spiel wird wiederholt, bis er umfällt oder aufgibt! Aufgeben ist eines Texaners unwürdig! Also wird er umfallen! Und man wird noch in hundert Jahren von Jim Drago sprechen, als vom größten Rindvieh des amerikanischen Kontinents!«

Sally rannte in die Küche, und sie riß den Vorhang hinter sich zu und war nicht mehr zu sehen.

Entgeistert starrte Jim ihr nach. Red war mit krummen Schultern in die Ecke geschlichen und sank dort auf einem Schemel nieder. Sein Gesicht arbeitete. Diese Niederlage schnürte ihm die Kehle zu.

Ich werde ihn töten – ich werde ihn töten! Um nichts anderes kreisten seine Gedanken.

Stearns aber richtete den Colt gegen die Decke und drückte ab.

Dröhnend bohrte sich die Kugel ins Holz.

Red zischte einen Fluch.

IX

Die Haferkammer war ein kleines Gelaß, vier mal sieben Fuß im Quadrat und etwa acht Fuß hoch.

Sundown Yancey waren die Hände auf dem Rükken gebunden. Um die Füße hatte Patrick McGee eine Schnur aus frischer, roher Rindshaut geschlungen, die er vorher etwas in den Regen gehalten hatte. Nun trocknete die Haut und zog sich so fest zusammen, daß sie Sundown tief ins Fleisch schnitt.

Draußen rauschte in regelmäßigem Schwalle der Regen nieder. Sundown hockte auf einem Hafersack. Gleichmäßig rann der Blutstrom aus den beiden Löchern im Oberarm; denn Stearns' Schuß war ein glatter Durchschuß gewesen. Das Gelaß war in tiefe Dunkelheit gehüllt. Sundown stöhnte leise vor Schmerz und Zorn, aber mehr vor Zorn, daß er sich so hatte übertölpeln lassen. Sundown wußte, daß sie vergessen hatten, ihm das Bowiemesser aus dem Stiefel zu ziehen. Nebenan klirrten die Pferdeketten, summten Schwärme von Fliegen, die sich vor dem Unwetter in die Wärme des Stalles geflüchtet hatten.

Sundown fluchte auf Stearns, der ihn kaltlächelnd fallen ließ, auf den Iren, durch dessen unerschütterlichen Starrsinn die ganze Lage so gekommen war, auf Red Burgess, weil ihm dessen hämisches Lachen noch in den Ohren klang, auf Burk und das Mädchen, auf Sheriff Barker und auf ganz Texas. Aber dann wurde Sundown wieder ruhiger und begann, seinen Kopf anzustrengen. Nach einiger Zeit wurde zwar die Blutung spärlicher, doch die Schmerzen wuchsen so stetig an, daß bald seine ganze rechte, obere Körperhälfte förmlich gelähmt wurde.

Stearns hatte ihm den Revolverarm zerschossen. Das war das Schlimmste. Ein Mann wie Sundown Yancey nahm alles hin, nur sein Revolverarm mußte intakt bleiben; denn nur der Revolver garantierte sein Leben.

Eins wußte Sundown: sie konnten in diesem wolkenbruchartigen Regen nicht reiten. Er hatte gesehen, daß die ganzen Berge in einem Meer von Wasserdampf steckten. Auch dieser Tag würde zu Ende gehen, und, selbst wenn es in der Nacht aufklarte, wenn die Dunstwolken verschwanden, so wäre ein Ritt durch den nachtdunklen, von Geröll und Baumstämmen verschütteten Paß der sichere Tod. Er hatte also Zeit. Vielleicht achtzehn Stunden. In dieser Zeit konnte viel passieren. Weder Stearns noch McGee noch sonst jemand im Westen konnte einen Wolf wie Sundown, auch wenn er verwundet war, achtzehn Stunden in solch einem Gelaß festhalten.

Langsam begann Sundown die Finger zu bewegen. Jede winzige Anstrengung der rechten Hand jagte höllische Schmerzstöße durch den ganzen Leib.

Dann richtete er sich auf und begann mit winzig kleinen Hüpfschritten das Gelaß abzusuchen. Mit den Füßen den Boden, mit den Händen die Wände, so hoch und so tief er tasten konnte. Mit dem Gesicht vorsichtig die Tür. Dann hatte er eine Ritze gefunden.

Darüber waren fast zwei Stunden vergangen. Nun ließ sich Sundown vorsichtig auf die Knie nieder, beugte den Rücken, stöhnte auf in wildem Schmerz und konnte mit der rechten Hand den Griff des Bowiemessers im Stiefel erfassen.

»Ha, wartet!« keuchte er, als er die schwere Klinge in der Hand hielt. Sodann richtete er sich wieder auf, trat an die Tür, ertastete die Fuge und begann, die Spitze des Messers hineinzurammen. Der Schmerz in seinem Arm wurde so infernalisch, daß er laut aufbrüllte. Aber dann biß er die Zähne zusammen und gab dem Messer einen letzten Stoß. Nun steckte es ziemlich fest in der Fuge.

Der Rest war eine Kleinigkeit. Er rieb die Handfesseln über die rasiermesserscharfe Schneide und hatte bald die Hände frei. Nun riß er das Messer heraus und befreite seine Füße.

Das Blut rann jetzt wieder aus den Schußwunden. Sundown riß den Saum des Hemdes ab und schlang ihn fest um den Oberarm.

Während dieser Zeit waren in unregelmäßigen Abständen kleine Geröllbrocken auf das Dach geprasselt. Sundown konnte hören, wie der ablaufende Regen sie herunterspülte.

Sundown beachtete es nicht. Als aber ein ziemlich großer Brocken mit einem dumpfen Knall auf das Dach fiel, schaute er hoch und lauschte. Es folgten wieder ein paar kleinere Brocken. Schließlich hieb es wie mit einer Riesenfaust auf das Dach. Der ganze Stall dröhnte, und Sundown hörte, wie das mächtige Holz der Stämme sich bog und knisterte und einzelne Fasern rissen und zerplatzten.

»Verdammt!« zischte Sundown.

›Rumms!‹

Das war ein noch schwererer Brocken. Aufgeregt begannen die Pferde an den Ketten zu zerren. Sie wieherten, schlugen aus und krachten gegen die Bohlen, die sie voneinander trennten.

›Rrrumms! – Rummmms!‹

Zwei harte, schwere Schläge auf das Dach. Sundown begannen die Augen aus den Höhlen zu quellen. Wenn sich nun ein so schwerer Brocken löste, dem das Dach nicht standhielt, es durchschlug, dann . . .

Sundown fuhr ein eisiger Schreck durch alle Glieder.

Da, wieder! Und wieder! Und wieder!

Zwischendurch ein ständiges Rieseln, Knacken, Krachen und Rollen von kleineren, größeren Brocken und ein ständiger Fluß von körnigem Gesteinsstaub.

»Aufmachen!« begann Sundown zu schreien. Ungeachtet des wilden Schmerzes im Arm begann er gegen die Tür zu trommeln.

›Rrrummms!‹

Diesmal brach einer der Dachbalken durch. Die Pferde begannen zu steigen, auszutreten. Sie rissen und zerrten an den Ketten, wieherten in panischem Entsetzen. Im Stall war die Hölle los!

»Aufmachen! Denkt ihr, ich wollte zu Brei zerquetscht werden! Aufmachen! Aufmachen! Aufmachen! Laßt mich raus! Stearns, hörst du, laß mich raus! Die Wand kommt runter!«

›Rrrummms!‹

In das infernalische Toben der Pferde mischte sich ein anderes Geräusch. Sundown erstarrte. Ein Schwall Wasser ergoß sich in den Stall. Es war deutlich zu hören. Ein schwerer Felsblock rumpelte über das Dach und bohrte sich mit dumpfem Aufprall in den weichen Boden.

Das Dach war kaputtgeschlagen! Es regnete hinein. Die Öffnung konnte gar nicht so klein sein; denn es war, als gösse man mit Eimern in den Stall.

»Aufmachen! Aufmachen!« begann Sundown in höllischem Entsetzen zu brüllen, und er hämmerte mit den Fäusten gegen die Tür. Er trampelte mit Stiefelspitzen und Sporen dagegen. Er brüllte und schrie, während nun in immer geringeren Abständen kleine, schwere und schwerste Brocken auf das Stalldach niederbrachen.

Nackte Todesangst packte den Sträfling wie mit Tigerkrallen. In dem panischen Toben der Pferde verstand er seine eigene Stimme nicht mehr. Er schlug sich die Fäuste blutig. Er schrie und brüllte und heulte. Wieder krachte es genau über ihm nieder. Eine Wolke von Staub rieselte auf ihn herab. Er hörte, wie die Stämme über ihm, von dem ungeheuren Druck durchgebogen, knirschend und reißend wieder zurückschnellten und der Brocken über das Dach hinunter zu Boden rumpelte.

Im Ranchhaus rührte sich nichts. Eins der Pferde schien sich losgerissen zu haben. Wild ausschlagend rannte es gegen die Wände an, daß es wie Kanonenschüsse dröhnte. Die Hufe trafen die anderen Pferde. In das stumpfe Wiehern mischten sich gellende, heisere Schmerzensschreie.

Sundown packte das Messer in beide Hände und begann dicht an der Tür wie ein Wahnsinniger zu graben. Schweiß troff ihm in Bächen von der Haut, vom Gesicht auf die wild arbeitenden Hände, rann seinen Körper hinab, näßte die Kleidung, lief ihm in die Augen und brannte wie Feuer darin.

Sundown schaufelte wie ein Besessener.

Blut durchnäßte den Verband, der sich unter den arbeitenden Muskeln lockerte, quoll darunter hervor, vermischte sich dick und klebrig mit dem Schweiß.

Sundown schaufelte. Immer schneller. Immer wilder!

Heißer, höllischer, wütender Schmerz zuckte, schien seine Muskeln und Sehnen zu zerreißen, die Gelenke zu sprengen, die Knochen zu verbrennen.

Sundown stöhnte. Sundown ächzte. Sundown schrie und brüllte vor Schmerz. Und er schaufelte, immer tiefer, immer weiter, bis er nicht mehr auf Holz, sondern in weiche Erde stieß.

Und oben auf das Dach krachten immer größere Brocken. Im Stall herrschte ein schreiendes, klirrendes, reißendes, schnaubendes, schlagendes Chaos.

Die Brocken schienen immer größer zu werden. Das Dach splitterte, und mit peitschendem Knallen zerrissen die festen Fasern der Hartholzstämme. Wasser rauschte durch Risse und Öffnungen auf Pferde und Sundown nieder.

Dessen Hirn war eine einzige, brennende Flamme der Angst.

Die Wand kommt herunter! Der nächste Brocken haut das Dach in Stücke! Ich werde zerschmettert! Die Wand! Da, wieder!

»Ich will raus! Hört ihr denn das nicht? Der ganze Berg stürzt ein!« röhrte Sundown, und er schaufelte und grub und stach und warf das Erdreich hinter sich, wühlte mit beiden Händen, kratzte, bis das Erdreich feucht, dann naß, und schließlich zu fließendem Matsch wurde.

›Rumms!‹ knallte es auf das Dach.

›Klonk! Klonk!‹ hämmerten die Hufe der Pferde gegen die Wand. Die wild angerissenen Ketten gaben förmlich Heullaute von sich.

›Rrrummmss!‹

Ein ganz schwerer Brocken ließ den ganzen Stall bis in den letzten Stamm erzittern und beben. Er riß ein gewaltiges Loch in die Decke. Die glatt durchbrochenen Enden beugten sich unter der Gewalt der tonnenschweren Last nach unten. Tageslicht strömte in die Haferkammer.

Sundown fuhr schreckensbleich hoch und starrte

hinauf. Warmer Regen rann auf ihn nieder. In ständigem Strom. Da war der Felsblock. Sauber gewaschen, scharfkantig und gratig, grau-gelb-rot-blau getönt. Die durchgeschlagenen Baumstammenden ächzten und stöhnten, bogen und senkten sich vor dem gewaltigen Gewicht.

Sundown jagte ein eisiger Frostschauer über die Haut. Sein Bewußtsein wurde zu Eis. Eine jähe Lähmung erfaßte seinen ganzen Körper. Einen langen Augenblick konnte er nicht einmal mehr das Glied eines Fingers bewegen. Langsam aber stetig brachen unter dem gewaltigen Gewicht des steinernen Giganten auf dem Dach die Holzfasern. Faser um Faser zerplatzte mit trockenem Knall. Und weiter prasselte es auf das Dach, auf den Block, regneten Ströme von Wasser hinein, rieselte Staub aus den Fugen, gaben die sich krümmenden, neigenden Stämme fast menschliche Quallaute von sich.

Dann hatte Sundown die Beherrschung über seine Glieder wiedererlangt. Er spürte keinen Schmerz mehr. Die Todesangst verlieh ihm Riesenkräfte. Er kniete am Boden. Seine Arme fuhren reißend, stechend, schaufelnd, grabend in das mannsbreite Loch unter der verschlossenen Tür. In Sekundenschnelle verschwand fast Sundowns ganzer Oberkörper darin. Dann füllte sich das Loch mit schlammigem Wasser. Immer mehr. Und Sundown wühlte an der anderen Seite der Tür. Sein Gesicht mußte er ins Wasser tauchen. Von drüben brach und sank der Boden nach. Er schaufelte es in die Haferkammer hinein.

Endlich stießen seine Hände durch das mit Schlamm und Wasser gefüllte Loch ins Leere.

In diesem Augenblick gab es auf dem Dach einen das Chaos im Stall übertönenden, splitternden, knir schenden, schmetternden Knall. Ein Felsblock, schwer wie der, der bereits auf dem halb durchschlagenen Dach lag, war auf diesen mit verheerender Wucht gestürzt.

Nun ging alles sehr schnell. Der Stall hielt nicht mehr stand. Die gewaltige Last drückte über die brechenden Dachbaumstämme auf die Wände und sprengte sie langsam aus der Befestigung. Sie dehnten sich nach außen.

Mit einem wilden Satz fuhr Sundown in das Wasserloch. Die Luft anhaltend, zwängte er seine breite Schulter unter der Tür durch, krallte er sich in das Erdreich, zog und zog er sich tiefer und tiefer hinab und gekrümmt wieder hinaus.

Dann griffen seine Hände hinter der Tür ins Leere. Er konnte nicht mehr weiter die Luft anhalten. Sein Kopf platzte! Seine Brust barst! Er stemmte sich in dem Schlamm hoch. Aber wohin auch seine Arme griffen, wo er auch einen festen Halt suchte, sie stießen in weiche, nachgebende Masse.

Wasser rann ihm durch die Nase, durch den Mund.

Er kam einen Zoll weiter, noch einen.

Luft!

Noch einen Zoll!

Himmel und Hölle! – *Luft!*

Die Hütte barst auseinander. Die riesigen Felsklötze sanken in zerbrechendes Holz hinein, langsam, schneller und immer schneller.

Dann gab der Stall nach. Er brach förmlich auseinander.

Sundown hatte keine Kraft mehr. Er wühlte und wand sich in dem Wasserloch wie ein Wurm. Einmal, zweimal gewahrte er in dem schwappenden Wasser einen schwachen Lichtschein, glaubte er Gestalten zu sehen, Stimmen, Schreie zu hören, fühlte er harte Griffe, die an seinen Händen zogen.

»Es sieht aus, als ob es mit ihm zu Ende ginge«, sagte Stearns nach einem kurzen Blick auf den schweißgebadeten, röchelnden Burk Paxton.

Red Burgess hockte, seit er die Niederlage gegen Jim einstecken mußte, brütend in seiner Ecke, und sein finsterer Blick glitt über Jim und den Iren. Das Mädchen schien für Red nicht vorhanden zu sein.

Plötzlich schlug Burk die Augen auf. Ein seltsamer Glanz spiegelte sich in den weiten Pupillen.

»Das habe ich gewußt, Pat.« McGee war vor Stearns getreten. An der Tür blieb der Virginier stehen und rieb sich die vor Müdigkeit entzündeten Augen. »Stearns hätte dich so oder so getötet. Wann hat er dich erschossen, Pat? Du hast ihn doch nicht über den Paß gebracht, was?«

»Nein«, sagte Patrick McGee, und Jim fragte ihn rasch über die Schulter:

»Was meint er damit?«

Burk schien Jim gesehen zu haben.

»Was, du auch, Jim? Wie hat er dich umgebracht?«

»Er glaubt, er sei tot«, raunte McGee zurück.

»Yeah, er ist falsch wie eine gezinkte Karte. Das war schon immer so. Er hat dir sicher was von seiner Frau und zwei Kindern in Virginia erzählt, nicht? Ha, ich weiß, daß er nie eine Frau und Kinder gehabt hat. Er hat kein Blut, sondern Pulver in den Adern. Ich habe ihm auch geglaubt. Im Anfang. Deshalb ist es soweit mit mir gekommen. Aber jetzt habe ich meine Ruhe! Hoffentlich habt – ihr – ihn – erle – – digt!«

Mit drei raschen Schritten stand Stearns vor dem Bett.

»Nein!« rief er rauh. »Das haben sie nicht! Burk, hörst du, sie haben mich nicht erledigt! Keiner wird mich erledigen! Verstehst du mich, Burk? Keiner! Und diese da am allerwenigsten!«

Die Augenlider waren schon halb über die Pupillen gesunken.

»Yeah, yeah, du bist erledigt! Ich weiß! An Pats Sturheit und an Jims Glauben bist du zugrunde gegangen! Das – konnte – gar – nicht – anders – sein!«

Burks Kopf sank haltlos zur Seite. Rasch beugte sich McGee über ihn, tastete nach Burks Puls und schüttelte den Kopf.

»Zäh wie eine Wildkatze«, knurrte Stearns.

Aus der Ecke rief Red:

»Wann entschließen wir uns endlich, loszureiten? Es wird immer später! Es kann noch eine Woche gießen!«

»Darüber denke ich auch schon die ganze Zeit nach. Pat, wir wollen es klären. Jetzt sofort!«

»Da gibt es nichts zu klären! Der Paß liegt in dichtem Dampf, und ehe man ihn erreicht, ist es Nacht. Man muß mit der Morgendämmerung aufbrechen, damit man sehen kann, welchen Weg man wählt. Solch einen Hurrikan hat es lange nicht mehr gegeben.«

»Ich meine, ich hörte den Gefangenen rufen«, sagte Sally.

Stearns winkte ab.

»Der kann nur nach Whisky schreien. Sonst fehlt ihm nichts!«

Red streckte die Beine von sich.

»Hast du ihm sein Messer abgenommen?«

»Verdammt! Nein!« entfuhr es Stearns. »Siehst du, das ist die elende Müdigkeit. Wie lange haben wir nicht mehr geschlafen?«

Red gähnte.

»Ich kann mich gar nicht mehr erinnern.«

»Ich möchte wissen, warum Sie sich nicht hinlegen, Sally. Sie sind doch auch schon ziemlich lange auf den Beinen.«

»Oh, mit zunehmender Müdigkeit wächst der Hang zur Fürsorge in Ihnen!« höhnte das Mädchen. »Ich bleibe wach! Ich will alles sehen!«

Stearns bohrte seinen Blick in ihre Augen und fuhr sie ganz plötzlich an:

»Wo haben Sie den Dienstrevolver versteckt?«

»Dienstrevolver?«

»Sie haben ihn im Schlafzimmer versteckt! Sally, jetzt sagen Sie, wo er ist, und es wird nichts geschehen.«

»Ich weiß nicht, was Sie meinen.«

»Laß sie in Ruhe, Stearns!«

Der Virginier starrte Jim an.

»Glaubst du etwa den Quatsch, den Burk eben phantasierte?«

»Es ist mir egal, ob du eine Frau und Kinder hattest, Stearns. Ich will, daß du sie in Ruhe läßt!«

»Ach, du *willst*, hast du gesagt!«

»Ge-nau!«

Stirnrunzelnd drehte sich Stearns ganz herum, daß er voll vor Jim stand. Jim war vielleicht einen Zoll größer als er. Jim lehnte an der Wand, aber nur eine Schulter berührte das Holz. Sein rechter Arm hing lässig herab.

»Sage, Jim, willst du jetzt etwa auch mit mir so ein nettes, kleines Spielchen machen?« zischte Stearns.

»Nein, ganz und gar nicht. Aber ich möchte, daß Sally nicht belästigt wird.«

»Das nennst du belästigen, wenn ich mich erkundige, warum sie nicht schlafen geht?«

»Ich weiß, wie es gemeint ist.«

»Verdammt, noch einmal! Was ist denn mit dir los? Glaubst du, ich ließe in diesem Ton mit mir reden?«

Nun war Stearns wütend, zum ersten Mal, soweit es Jim betraf.

»Du machst Fehler, Logan!« Red beugte sich vor und stützte die Hände auf die Knie. »Zuerst achtest du nicht auf den Revolver, und er verschwindet spurlos. Dann läßt du Sundown sein Messer. Der hockt nun schon ziemlich lange drüben in der Bude. Wenn ich ein Messer in den Stiefeln hätte, wäre ich in einer halben Stunde raus!«

Patrick McGee hatte sich wieder auf seinen Platz gesetzt und lehnte mit der ihm eigenen Gelassenheit und Schweigsamkeit an der Wand. Er wußte ganz genau, daß es langsam auf das gewaltsame Ende zudrängte. Schon oft hatte er versucht, den Revolver aus Burks Bett zu nehmen, doch Stearns paßte auf wie ein Luchs, daß weder er noch Sally auch nur eine halbe Sekunde allein im Schlafzimmer blieben.

McGee glaubte nun, daß sich Jim entschlossen hatte. Es blieb nur noch unklar, ob Jim sich wirklich der Posse stellen wollte. Das würde ein schwerer, wenn nicht gar unmöglicher Entschluß für den rauhen Jungen sein, der vielleicht wirklich in einer üblen Patsche saß, wenn jemand der Posse erschossen worden war und er nicht beweisen konnte, daß er in die Luft geschossen hatte. Aber es gab wohl keinen Richter in der Welt, dem es nicht einleuchten würde, daß sich nur ein Unschuldiger freiwillig stellen konnte.

Plötzlich polterten wieder Bocken auf das Dach. Die kurze und scharfe Unterhaltung zwischen den Banditen brach schlagartig ab. Alle Augen richteten sich nach oben. Dort rieselte und polterte, rollte und schepperte es.

In der Stille hätten sie Sundowns Geschrei unbedingt hören müssen, wenn auch das Haus mit den dicken Mauern so dicht verschlossen war, daß kaum ein Geräusch von außen hereindrang, wenn man nicht wenigstens ein Fenster öffnete.

»Hör mal, das ist eine ziemlich unheimliche Sache, Pat. Ich sehe kommen, daß uns noch die ganze Wand auf die Köpfe stürzt. Wir werden jetzt reiten!«

Langsam stand Pat McGee auf, und Jim Drago wurde steif! Diesen Ton in Stearns' Stimme kannte er. Jetzt war also der Augenblick da!

Auch Red erhob sich, und man sah ihm an, daß er lange auf diesen Augenblick gewartet hatte.

Sally wollte ins Schlafzimmer. Ihr war jetzt alles gleichgültig. Auch sie wußte, daß es jetzt zum Kampf kommen mußte, wenn ihr Vater sich weigerte.

»Stop! Hiergeblieben!« rief Stearns, doch Sally war schon im Zimmer und stürzte auf Burks Bett zu. Keine Sekunde war zu verlieren!

»Jim, jetzt möchte ich einmal sehen, wie schnell du deinen Revolver ziehen kannst!« rief Red, und Stearns sprang auf das Wohnzimmer zu, den Revolver in der Hand. McGee warf sich ihm waffenlos in den Weg.

Noch zwei Sekunden höchstens, dann würden Schüsse durch das Haus peitschen und der wilde Kampf eines jeden gegen jeden um das nackte Leben entbrennen.

In genau diesem Augenblick gab es einen furchtbaren Knall. Das ganze Haus wankte. Brocken prasselten auf das Dach nieder. Wie erstarrt blieben alle stehen. Sally zwei Schritt vor dem Bett, der Ire, halb in der Tür, Jim mit gespreizten Beinen, die Handwurzel am Revolverkolben, bereit, Red geduckt wie eine sprungbereite Katze, die Augen wie schwarze polierte Kohlen, in denen Mord schimmerte, nackter, kalter Mordwillen, und Logan Stearns, der Pat den Revolver in die Seite bohren wollte.

»Was war das?« stieß Stearns hervor.

»Die Wand! Verdammt noch einmal, der ganze Berg kommt herunter! Los, die Pferde raus und weg aus diesem elenden Höllenbau!«

»Warte!« schrie Stearns den Halbindianer an, der auf die Tür zurannte. Jetzt hätte Jim eine Chance gehabt, ihn mit einem Hieb des Revolverkolbens zu betäuben. Und auch für McGee bot sich eine einmalige Chance, als sich Stearns abwandte, um Red aufzuhalten. Ein einziger, schmetternder Hieb seiner gewaltigen Pranke in Stearns' Nacken, und alle Probleme wären beseitigt gewesen.

Aber daran dachte nun niemand mehr. Es begann auf das Dach niederzuprasseln und zu stürzen, und nun hörte man auch draußen ziemlich verworren den furchtbaren Lärm, den die Pferde im Stall machten. Das schrille, kreischende Wiehern. Ein wahrer Regen von Brocken ging auf das Dach nieder.

Jim wollte hinausstürzen.

»Warte«, rief McGee, und riß ihn am Arm. »Hier bist du jetzt sicherer als draußen!«

Das schien auch den Banditen einzuleuchten. Sie lauschten und warteten darauf, jede Sekunde erschlagen zu werden.

Dann kam der zweite, furchtbare Stoß, der das ganze Haus bis in den letzten Winkel erschütterte.

»Ihr könnt mich mal!« rief Red, riß die Tür auf und stürzte hinaus. »Laßt euch alleine zu Brei . . .«, der Rest ging im Rauschen des Regens unter. Und gleichzeitig hörte man das Chaos im Stall.

McGee stürzte zuerst hinaus. Ihm folgten Jim und Stearns und das Mädchen.

Ihren Augen bot sich ein entsetzliches Bild.

Auf dem Dach lagen zwei wuchtige Felsblöcke, der untere bereits bis zur Hälfte eingebrochen, der andere darüber. Langsam brach der Stall an allen Seiten von dem gewaltigen Gewicht auseinander.

»Die Pferde!« schrie Stearns. »Teufel! – Die Pferde!«

Sundown! dachte Jim und schrie: »Wir müssen Sundown herausholen! Rasch!« Während sie noch auf den Stall zustürzten, ausgleitend im knöchelhohen Morast, sahen sie etwas Gespenstisches, was sie augenblicklich wie angenagelt auf der Stelle stocken ließ.

Dicht vor der Tür zur Haferkammer war eine große Wasserpfütze. Aus dieser Wasserpfütze stießen zwei Hände mit Fingern, die gespreizt und gekrümmt wie Geierkrallen waren. Hin und her fuhren die Hände, krallten sich in den Boden, versanken darin, tauchten wieder auf, dann kam ein Kopf zum Vorschein, ein verkleisterter, graubraun verklebter Haarschopf, dann für eine halbe Sekunde eine Stirn und ein weit aufgerissenes Auge.

»Sundown!« rief Stearns und jagte weiter. »Laßt ihn! Die Pferde! Die Pferde!«

Jim und McGee kamen gleichzeitig bei dem Wasserloch an und ergriffen Sundowns Arme. In diesem Augenblick brach der Stall auseinander. Die schweren Felsbrocken begruben mächtige, wie Zündhölzer auseinandergerissene und gebrochene Stämme, Pferde, Hafer, alles unter sich.

Als Jim und Pat an den Armen zogen, spürten sie deutlich, wie sich Sundowns Körper durch das enge Loch zerren ließ. Aber dann, als die Felsblöcke zur Ruhe gekommen waren, als die gellenden Schreie zermalmter Pferde ihnen bis in den entferntesten Nervenstrang fuhren wie Blitze, da ließ sich der Körper im Wasserloch nicht mehr bewegen.

Sundowns Beine waren von den Felsblöcken zermalmt und in den Boden hineingestampft worden. Sundown ertrank, und das Leben floh aus den zerschundenen Händen, die sie festhielten. Als sie losließen, McGee zuerst, fielen die Arme leblos in das Wasserloch zurück und versanken. Der Regen rauschte auf das Loch nieder, als hätte es nie einen mörderischen Sträfling gegeben, der auf dieselbe Weise ums Leben kam, wie er gelebt hatte.

Vom Stall her erklangen Schüsse.

Pferden gegenüber konnte Logan Stearns barmherzig sein.

In wenigen Sekunden waren die Männer bis auf die Haut durchnäßt.

»Zwei sind scheinbar unversehrt«, keuchte Stearns und versuchte, an der niedergebrochenen Stallwand vorbei an die Tiere zu kommen, die sich hart an der Stirnwand zusammengedrängt hatten und so einem gräßlichen Tod entgangen waren. »Vielleicht auch noch ein drittes. Zwei habe ich erschossen. Die anderen drei müssen sofort tot gewesen sein. Wo ist Red?« Stearns richtet sich auf und wischte den rinnenden Regen aus den Augen. Hinten an der Schmiede tauchte Red Burgess auf und begann zu laufen. Dann stand der Halbindianer vor dem zerschmetterten Stall und begann Flüche auszustoßen, die ebenso ungewaschen waren wie sein Hals.

Aber sofort danach fuhr er herum und starrte den Iren und Jim argwöhnisch aus seinen schwarzen Augen an. Red schien blitzartig die Situation erkannt zu haben. Es lebten nur noch zwei Pferde. Vielleicht drei. Das bedeutete, daß nur zwei, höchstens drei den Paß überqueren konnten. Einer davon war McGee. Und der andere? Oder die anderen beiden?

Wenn nur einer mitreiten konnte, so würde er, Red Burgess, das sein. Als dritter kam dann höchstens noch Stearns in Frage. Auf jeden Fall war der Übergang über den Paß für Jim Drago hinfällig.

Der dunkle Mann, so, wie er dort vor den beiden geduckt und schußbereit, triefend im Regen stand, hatte etwas gespenstisch Gefährliches an sich.

»Willst du nicht endlich mit anpacken?« brüllte Stearns, der sich an einem krummgebogenen Stahlnagel die Hand aufgeritzt hatte, Red an. Aber dann, als er einen Blick in dessen Augen warf, wußte er sofort Bescheid. Er ließ den Balken fahren. Er wurde steif bis in den letzten Rückenwirbel, beugte sich zurück und wußte, daß er jetzt Red Burgess nicht mehr aus den Augen lassen durfte. Blitzschnell zuckte dieselbe Rechnung, die Red vorher aufgestellt hatte, durch sein Hirn. Langsam trat er zurück.

»Pat und Jim, ich denke, ihr macht das! Ihr seid doch Tierfreunde. Übrigens sind es deine beiden Pferde, Pat, die ungeschoren davongekommen sind.«

»Nur zwei?« frage Red, ohne die Zähne auseinanderzumachen.

»Sieht so aus«, antwortete Stearns scharfäugig. Sobald sich eine Gelegenheit bot, würde er Red erschießen, ob von vorn, von hinten oder von der Seite, danach fragte Stearns nicht. Die Gelegenheit entschied.

Dasselbe dachte Red.

Und beide gaben sich nicht die geringste Mühe, es zu verbergen.

X

Patrick McGee schaute zur Wand hoch.

»Es war die Nase. Siehst du das Loch, Jim? Dort war ein vorspringender Felsbuckel. Den hat er herausgewaschen.«

»Mir wäre es hier unheimlich. Und wie steht es mit dem, was nun über dem Loch hängt?«

»Das scheint fest zu sein, soviel man von hier sehen kann. Well, dann wollen wir mal sehen, daß wir die Pferde herausbekommen. Stearns, dazu brauchen wir Äxte.«

»Gut, gut. Holt welche.«

Die Äxte lagen im Schuppen. Als McGee die Tür öffnete, fiel sein Blick auf die Leiche des Sheriffs.

»Er sieht sehr zufrieden aus«, meinte Jim leise.

McGee grobes Gesicht war leer und ohne jeden Ausdruck.

»Maldito! James Barker war ein harter, aber ein verdammt prachtvoller Mann! Als er mir den Stern gab, wußte er, daß ich sie zur Hölle schicken werde! *Alle* vier! – Weißt du, Jim, ich verstehe nichts von Revolverarbeit. So ein Ding ist in meiner Hand kaum etwas wert. Die Axt und das Gewehr, das sind meine Werkzeuge.«

»Halten Sie sich zurück. Ich bin ziemlich schnell.«

»So, bist du das? Ich habe es mir fast gedacht. Weißt du, Junge, das ist ein Fluch. Die besten Männer, die ich gekannt habe, konnten überhaupt nicht schießen. Sieh, wie sie sich da draußen anlauern. Sie werden sich gegenseitig auffressen. Ich brauche es nur abzuwarten.«

»Täuschen Sie sich nicht«, warnte Jim, dessen Schwellungen im Gesicht nun tief blau und grün geworden waren.

»Du siehst aus, als hättest du im Regen auf einer billigen Jicarilla-Decke gelegen. Nein, ich täusche mich nicht. Es wird ein mörderischer Kampf zwischen ihnen werden, ehe einer umfällt.«

»Sie vergessen, daß ich auch noch da bin. Glauben Sie, ich würde hier abwarten, bis Hap March mich erwischt?«

»So, was willst du also?« fragte McGee stirnrunzelnd.

»Über den Paß, selbstverständlich. Ich gehöre nicht zu diesen Mistkerlen. Das haben Sie ja inzwischen schon gemerkt. Deshalb stehe ich auf Ihrer Seite.«

»Ein Geschäft? – Du meinst, daß es ein Geschäft ist, Jim? Du stehst mir bei, und ich bringe dich dafür über den Paß?«

»Ich habe es nicht als Geschäft gemeint, sondern als – hm, als Gefälligkeit.«

McGee blickte ernst.

»Jim, ich will dir etwas sagen: ich habe bisher alles, was ich im Leben anpackte, ernst gemeint und jede Sache zu Ende gebracht. Auch damals den Überfall auf die Kutsche. Ich habe lange überlegt. Als ich mich entschlossen hatte, hätte mich keine Macht der Welt mehr zurückhalten können. Jetzt bin ich Marshal. Ich weiß, daß ich das nicht lange sein werde; denn für diese Arbeit bin ich nicht geeignet. Aber im Augenblick bin ich es. Als Marshal kann ich dich nicht über den Paß bringen, Jim.«

Jim nagte an der Unterlippe.

»McGee! Ich bin erledigt, wenn sie mich fassen! Ich habe auf keinen der Posse geschossen. Aber sie werden mich dafür hängen, daß es die anderen getan haben!«

»Niemand wird ohne Beweis gehenkt. So schnell geht das nicht. Du hast die Wahl: entweder stehst du alles durch, damit du es eines Tages hinter dir hast, oder du läufst davon, und es wird dir, solange du lebst, an den Sporen hängenbleiben. Du mußt wissen, was du tust. Ich werde dich nicht über den Paß bringen, Jim. Vielleicht gerade deshalb nicht, weil ich dich für einen guten Burschen halte.«

McGee nahm zwei Äxte von der Wand und reichte Jim eine davon.

Draußen standen die beiden Banditen im strömenden Regen.

»Wenn wie hier noch so weiter baden, ist das Schießen nachher Glücksache«, sagte Red Burgess grinsend und ging langsam und rückwärts ins Haus.

Mein Gott! Der Revolver! dachte Sally, als sie ihn kommen sah. Jedoch nun war es zu spät. Sie hätte Zeit genug gehabt, die Waffe aus Burks Bett zu nehmen; aber der gräßliche Tod Sundowns und das Unglück mit den Pferden hatte sie draußen im Regen festgehalten.

Der dunkle Bursche grinste sie breit und beinahe fröhlich an.

»Das tut nicht gut, nicht wahr, Mädchen? So ein anständiger Schauer auf die Haut, wenn man nicht mehr geschlafen hat! Es sind nur noch zwei Pferde da. Fein, was? Für deinen Vater und . . .na, für wen wohl noch, Goldkind? Hahaha! – Für deinen Jim jedenfalls nicht, das steht fest! Aber, beruhige dich. Man wird ihn nicht hängen! Du kannst dich darauf verlassen, daß er nicht gehenkt wird.« Nun war Red in der Haustür, und wischte sich die Nässe aus dem Gesicht. »Oder hast du schon mal gehört, daß man einen Toten hängt? – Hahaha.« Plötzlich stieß Red einen schrillen Ruf aus:

»Yaaaiiiaaah! – Einen Toten hängt man nicht! Einen Toten hängt man nicht!« Mit einer wunderbar dunklen Baritonstimme begann der Bandit ein bekanntes Lied anzustimmen, nur mit dem Unterschied, daß er den Refrain: ›Bald wird es nicht mehr regnen‹ durch seine Anspielung auf Jim und Stearns ersetzte.

Die tiefe, wohltönende Stimme in dieser Atmosphäre des Unheils und des Kampfes, der tote Sheriff im Schuppen, der ertrunkene und zerschmetterte Bandit unter dem zusammengebrochenen Pferdestall, der sterbende Bandit im Haus, der kommende, mörderische Kampf und Tod, das alles machte den lauten Gesang des Halbindianers zu einer geradezu gespenstischen Geräuschkulisse.

Logan Stearns ließ sich den Mund voll Wasser laufen und spuckte es in weitem Strahl wieder aus. Selbst die Haare in seinen Achselhöhlen troffen.

»Wer kennt ihn nicht, den Joe McCann
Yaaaaiiiiaaaah!
Einen Toten hängt man nicht!
Der trägt den Hut verkehrt 'rum an!
Einen Toten hängt man nicht!
Yaaaaiiiiaaaah!«

Stearns betrat ganz vorsichtig das Haus, und seine Augen suchten Red. Der hockte wieder auf seinem Stuhl, von dem es an allen Ecken heruntertroff. Man hörte, wie sich die beiden Äxte in das Holz fraßen. Sally gähnte. Bald führte McGee das erste befreite Pferd zur Schmiede hinüber. Und kurz danach Jim Drago das zweite.

Dann dröhnte ein schwerer Coltschuß durch das Rauschen, und nun wußten sie, daß nur noch zwei Pferde lebten.

»Was sagt der Rabe zu der Krähe?
Einen Toten hängt man nicht!
Auf dem Sattel liegt, wer nicht draufsitzt!

Einen Toten hängt man nicht!
Yaaaaiiiiaaaah!«

Abrupt brach Red den wilden Reiterschrei ab, und bohrte den Virginier mit seinem glühenden Blick förmlich an.

»Zwei Pferde, Stearns! Wo willst du denn hin, Sally?«

»Ich möchte was Trockenes anziehen!«

»Nein, Braut Irlands! Das geht leider nicht! Mache keinen Ärger! Betritt das Schlafzimmer nicht mehr! Nicht wahr, Logan, das würdest du ihr doch auch nicht raten?«

»Bleiben Sie von der Tür weg, Sally.«

Jim Drago trat ein und schüttelte auf der Türschwelle den Hut aus.

»Das dritte Pferd hatte beide Vorderläufe gebrochen.«

»Wir haben deinen Schuß gehört«, grinste Red. »Weißt du übrigens, daß die Comanchen mit Vorliebe Pferdefleisch essen? Am besten ist das von jungen Maultieren. Aber keinem Comanchen würde es einfallen, ein Pferd mit einer Schußwaffe zu töten. Das macht man mit dem Messer. Ein rascher Stich und ein blitzschneller Schnitt, aus und vorbei! Schneller schafft es keine Kugel.«

Die riesige Gestalt des Iren kam durch die Tür. Auch er schüttelte seinen großen Hut aus, hängte ihn an den Haken und fuhr mit der Hand über die wurstartige Beule.

»Ich werde dir ein neues Pflaster aufkleben«, meinte Sally zu Jim; denn vom Regen war der Streifen, der den langen und tiefen Schnitt in Jims Wange bedeckte, gelöst worden. Die Wunde war vollkommen ausgeblutet und klaffte auseinander. Feuerrot leuchtete das Fleisch darin. Jim schüttelte den Kopf.

»Nicht nötig, Sally. Das kann geschehen, wenn alles hier erledigt ist. Dir hat man wohl bei den Rothäuten von den Maultieren immer nur die Schwänze zum Essen gegeben, Red?«

»Maulesel, go on und trink dein Bier!

Einen Toten hängt man nicht!«

Reds hohntriefender Blick traf zuerst Stearns und dann Jim.

»Was, glaubt ihr, wie viele Maulesel gibt es hier?

Einen Toten hängt man nicht!

Yaaaaiiiiaaaah!«

Das ist seine Kampfart, dachte Patrick McGee. Tückisch, lauernd, voll Hohn und Zynismus versucht er Stearns' Nerven zu zermürben.

McGee hatte den harten Stearns noch nie erregt gesehen. Aber Stearns war hundemüde. Die Zeit wurde immer knapper. Sheriff Hap March schien zu jener Sorte Beamter zu gehören, die sich durch nichts beirren ließen. Es mußte noch in dieser Nacht entschieden werden, wem das zweite Pferd gehörte. Jeder von den beiden Banditen glaubte natürlich, daß er das sein würde. Aber Red hatte, wenn Stearns sich nicht zu einem raschen Schußwechsel entschloß, die größeren Chancen. Gewiß, er hatte bei dem tödlichen »Männerspiel« vorhin die Nerven verloren und aufgegeben. Aber dies da schien sein Spiel zu werden.

Jim kam der Halbindianer vor wie ein alter, mordgieriger Timberwolf, der nachts einen einsamen Mann am Lagerfeuer umkreist und ihn durch sein Heulen aus immer anderen Entfernungen zermürbte. Solange, bis der Mann aus dem schützenden Lichtschein des Feuers heraussprang, um der Tortur endlich ein Ende zu bereiten.

»So weit seid ihr also gekommen?« sagte McGee,

und um seine Füße bildete sich eine große Wasserlache. Das Feuer im Kamin brannte langsam nieder. Als Sally Scheite nachlegte, begann ihr Kleid aus allen Falten zu dampfen. »Ich brauchte nichts zu tun. Ihr bringt euch gegenseitig um. Einer nach dem anderen.«

»Haha, hat unser alter irischer Kartoffelkopf nicht einen hellen Verstand, Logan? Ein Rudel Timberwölfe sind wir, nicht wahr, Stearns? Und der Kuhjunge dort, der ist ein zugelaufender Cojote! Wie gefällt dir das, Jim?«

»Bevor ein Kettenhund sich in den Schwanz beißt, mault und jammert er ein paar Stunden. Sprich dich ruhig aus, Red.«

»Hahaha. Er hat mich geschlagen, eben, nicht wahr, Logan? Aber ich hatte es im Gefühl, daß diesmal die Kugel unter dem Bolzen lag. Hahaha – wenn man so lange Zelt an Zelt mit einem Medizinmann geschlafen hat, bekommt man einen sechsten Sinn für so etwas. Was sagst du dazu, Logan?«

»Halt endlich das Maul!«

»Hahaha! Du wirst doch nicht etwa nervös werden, großer Logan? Nein, das glaube ich nicht. Pat, du warst zwei Jahre in seiner Kolonne. Der große, der harte, der starke Logan Stearns kennt keine Nervosität! So ist das doch, nicht? Oder, Logan, hast du doch Nerven?«

Es war die Fratze eines braunhäutigen Teufels, die Stearns angrinste.

»Du hast doch nichts dagegen, daß ich mich an der einseitigen Unterhaltung etwas beteilige«, sagte McGee.

»Was? – Der schweigsame Pat will sprechen? Hast du gehört, Logan? Das hat einen Grund. Laß hören, was du zu sagen hast, Pat.«

»Nun, ich meine, wie wollt ihr es jetzt eigentlich machen?«

»Was: machen?«

»Na, euch gegenseitig umbringen.«

»Hahaha – gegenseitig? Nein, Sohn der grünen Insel! Nicht gegenseitig. *Ich* werde Logan erschießen!«

»Hast du gedacht!« knurrte Stearns.

»Oh no, Sir! Du wirst sehen! Gegenseitig umbringen! Du willst mich wohl dazu verleiten, es mit Logan auszuschießen. Wie das sonst so unter Männern üblich ist?«

»Yeah, warum nicht?«

»Sieh den schlauen Kartoffelkopf an! Er will, daß wir ein Duell machen! Daß wir uns aufstellen, uns anstieren und dann totschießen. Hoho, lieber Mountain-Mann, so sieht das nicht aus! Die hervorstechendste Eigenschaft des Comanchen ist nicht sein wilder Mut, sondern die Vorsicht. Verstehst du, Pat, die Vorsicht! Erst, wenn man ziemlich sicher ist, daß man seinen Feind ohne große Gefahr auseinandernehmen kann, dann greift man an!«

»Das ist Comanchenart!« bestätigte Jim knirschend. »Mit zwanzig haben sie das Haus meiner Eltern angegriffen, in dem mein Vater und meine Mutter ganz allein waren. Hündische Feiglinge! Aber mehr als die Hälfte sind liegengeblieben.«

»Oh, dann hatten sie deinen Vater aber mächtig unterschätzt. Sieh, was kommt dabei heraus, wenn wir uns jetzt gegenüberstellen?«

»Der Menschheit bleibt dadurch allerhand erspart«, sagte das Mädchen trocken, und Red lachte darüber.

»Gut, gut, Mädchen. Das könnte sogar stimmen. Stearns und ich, wir sind fast gleich schnell. Ich denke, daß ich vielleicht eine Zehntelsekunde schneller bin, aber . . .«

»Das werde ich dir zeigen!«

»Nun, ich bin großzügig«, Red tat es mit einer wegwerfenden Handbewegung ab. »Dann sollst du eben eine Zehntelsekunde schneller sein. Aber was macht das schon aus bei dieser nahen Entfernung. Drei Schritte. Huh, da könnte ja selbst unser Longhornsammler nicht einmal vorbeischießen. Nein, Pat, das ist eine Enttäuschung für dich. Du wirst mich über den Paß bringen.«

»Warten wir es ab!«

»Ist ja, was ich sage. Abwarten. Bist du müde, Logan?« Stearns gähnte und hielt dabei krampfhaft die Augen auf den Halbindianer gerichtet. »Ihr Weißen seid eine komische Sorte. Ihr reißt das Maul auf, wo es nur eben geht. Ihr sauft Whisky aus Eimern, und wenn ihr einmal ein paar Nächte wachbleiben müßt, so legt ihr euch anschließend gleich vierzehn Tage aufs Ohr! Das ist bei den Comanchen anders.«

»Halt endlich dein Maul, du verdammter Bastard!« fauchte Stearns.

»Hast du Bastard gesagt? Logan, das sollte man unter Freunden nicht tun. Warum beleidigst du mich? Das habe ich nicht verdient. Habe ich dich nicht an den Bettuchschnüren über die Mauer gezogen? Ich hätte es nicht zu tun brauchen, denn ich war schon oben auf der Mauer. Nein, Logan, das ist nicht nett von dir. Oder bist du schon nervös? Weißt du, wenn du nervös bist, so entschuldige ich natürlich alles. Aber laß nur. Du wirst bald schlafen können. Lange schlafen!«

Stearns betrachtete Red aus halbgeschlossenen Lidern.

Red lehnte sich zurück und strich mit der flachen linken Hand über sein Hosenbein. Eine Welle von Wasser wurde vor der Handkante hergeschoben. Dort wo Stearns und Red saßen, wo Jim, McGee und das Mädchen standen, bildeten sich große Pfützen, die ungefähr unter dem Tisch zusammenliefen, weil der Boden etwas Gefälle zur Mitte hatte. Und so, wie sich die Rinnsale aus den Wasserpfützen miteinander verbanden, so verband eine unerträgliche Spannung die Menschen in dem Ranchhaus.

Das Schweigen, was nun eintrat, war hart und dauerhaft.

Es ist eine anstrengende körperliche und nervliche Belastung, wenn man einen Feind ununterbrochen bewachen muß, wenn man sich keine noch so winzige seiner Bewegung entgehen lassen darf, wenn man schon jede seiner Bewegungen im voraus erahnen, berechnen und kalkulieren muß.

Aber diesen beiden hartgesottenen Banditen schien es nichts auszumachen, sich zu belauern.

Auf dem Kaminsims stand eine kleine Porzellanuhr. Diese Uhr tickte. Es war ein leises, kaum wahrnehmbares Ticken. Niemand hatte es bis jetzt überhaupt gehört oder beachtet. Aber in der nun eintretenden Stille begann die Uhr zu ticken. Lauter und lauter, bis das Ticken zum Klopfen, das Klopfen zum Hämmern und das Hämmern zum Erdbeben in den Hirnen der beiden Männer wurde.

Jim ließ sich auf einem Schemel nieder und streckte die Beine von sich. Er hatte noch nichts zu befürchten. Für Red war Stearns und für Stearns Red der vorerst wichtigste Mann.

Hoffentlich schießen sie sich beide über den Haufen, dachte Jim. Aber wenn man Red Burgess anschaute, so wußte man, daß er nichts riskieren würde.

Sally stand nun schon seit fast einer halben Stunde vor dem Kaminfeuer in eine Wolke von Dampf gehüllt. Sie war vielleicht die einzige, deren Kleidung langsam zu trocknen begann. Jims Haarschopf war vom Regen vollständig durcheinandergebracht worden. Nun, da sie trockneten, reckten sie sich langsam auf. Bald sah Jim wilder und rauher aus als der letzte Straßenräuber des Panhandle-Districts in Texas.

Draußen ließ der Regen nach. Das Rauschen wandelte sich in ein ständiges Fließen. Das Tageslicht nahm langsam ab.

Sally wollte die Lampe entzünden, aber Red winkte ab.

»Nein, kein Licht! Die Comanchen lieben das Dunkel, obgleich ihnen Leute, die überhaupt nichts von ihnen wissen, nachsagen, sie würden nachts nicht kämpfen! Blödsinn! Gerade nachts! Nicht wahr, Stearns, das gibt doch dem ganzen erst einen Reiz!«

Stearns erhob sich, und begann mit vorsichtigen Bewegungen seine Beine zu vertreten. Red legte den Kopf zurück und summte, während er Stearns nicht aus den Augen ließ:

»Una mujer por amor;
Una botella de vino;
Un cancion que cantar
Y mucho dinero en mi camino.
Un buen cuchillo en mi mano;
Un buen juego que jugar;
Ni por friele o rey ufano
Desear yo cambiar!«

»Eine Frau für die Liebe; eine Flasche feurigen Wein; Ein heißes Lied auf den Lippen und die Taschen voller Geld. Ein scharfes Messer in der Hand und Karten auf dem Tisch; mit keinem König tausche ich dieses Leben!«

Jim sah, wie Stearns die linke Hand zur Faust ballte, sie wieder öffnete und ballte. Er selbst schien das nicht zu bemerken, doch dem summenden Halbindianer entging es nicht. Messerscharfes Lächeln umspielte seine dünnen Lippen. Jeder wußte, daß dieser Red Burgess alles war, nur nicht romantisch.

Langsam legte sich die Dämmerung über die Berge und die letzten schweren Tropfen fielen zu Boden. Dann war der Regen vorbei. Der Himmel überzog sich mit einer Farbenfülle, die vom tiefsten Carmesinrot über Zinnober und Ockerbraun bis in grellhelles Safrangelb überwechselte. Lange Schatten lagen über Reds Gesicht.

Stearns setzte sich mit angezogenen Beinen auf seinen Schemel, stand nach einiger Zeit wieder auf, und lehnte sich zwischen den beiden Fenstern an die Wand.

Und die kleine Porzellanuhr tickte.

Der durch den Raum tanzende Flammenschein des Kaminfeuers wurde immer intensiver.

Patrick McGee zog ein klatschnasses Taschentuch aus der Tasche, lachte müde und grimmig in sich hinein und schneuzte die Nase.

»Tock – sss – tock – sss!« machte die Uhr.

Sally öffnete die Tür und ein Fenster. Das Mädchen wußte, daß es nicht an Stearns vorbeitreten durfte, wenn es nicht sein Leben aufs Spiel setzen wollte.

Von draußen wehte ein würziger, erfrischender Duft ins Haus, ein Duft von Gras und Harz und frischer Erde.

Im Nebenraum begann Burk Paxton wieder zu wimmern. Zuerst war es nur ein leises Pfeifen seines Atems. Dann hörte man, wie er unruhig wurde und sich im Bett zu wälzen begann. Bald wurde aus dem Wimmern ein ständiges, mit jedem Atemzug kommendes und mit jedem Atemschöpfen verschwindendes Stöhnen und Ächzen, Laute, die an den Nerven zerrten wie mit Zangen.

»Wasser! – Wasser!« stöhnte Burk schließlich, immer unruhiger. »Oh, gebt mir doch Wasser! – Ich verdurste!«

Sally wurde unruhig, und Red begann zu singen:

»Langreiter sein, das ist ein leichtes Leben;
Ein Leben voller Wonne!
Die Prärie ist unser Bunkhaus,

Das Gras ist unser Bett;
Der Mond ist unsere Sonne,
Und unser Geldsack, der ist rund und fett!
Tanzen, Trinken, Kämpfen, Spielen, Lieben;
Ein Leben voller Spaß!
Sonny trink! Für die anderen sind die Sorgen;
Vergiß nicht, Sonny:
Vielleicht hängst du schon morgen!«

»Wasser! So gebt mir doch Wasser!« röchelte Burk Paxton.

Jim Drago rammte beide Sporen in die Wasserpfütze und stieß ein hartes, bellendes Lachen aus. Das war also das leichte Leben der Langreiter! Morden, Rauben, elendes, langes Sterben für Burk Paxton! Qualvoller Tod für Sundown Yancey! Eine Kugel für Logan Stearns und eine Kugel für Red Burgess! Und für ihn? – Für Jim Drago?

Jim preßte die Zähne aufeinander.

Sally?

Der Strick?

Oder wieder Gefängnis? Zurück in ein übelriechendes Loch, in einen Käfig, vier mal sieben Fuß breit und sieben Fuß hoch! Steinerne Wände! Gitter! Klirrende Schlüssel! Gebrüll! Prügel! Nasses Brot! Brackiges Wasser! Hitze! Schweiß und Flüche! Endlose Stunden! Marternde Ewigkeiten!

»Gebt mir Wasser! – Gebt mir Wasser!« ächzte Burk.

Sally rief: »Das kann ich nicht mehr anhören! Ich muß ihm etwas zu trinken geben!«

»Nein! Du rührst dich nicht von der Stelle!« fauchte Red.

»Was seid ihr nur für menschliche Bestien! Dieser Mann stirbt! Dieser Mann ist einer von euch! Nicht einmal einen Schluck Wasser gönnt ihr ihm! Ihr laßt ihn elend zugrunde gehen wie ein Tier! Ihr seid die miserabelsten Mißgeburten, die ich je gesehen habe!«

»Wenn Sie den Revolver nicht dort versteckt hätten, könnten Sie ihm einen ganzen Kübel Wasser eintrichtern!« antwortete Stearns kalt.

»Hahaha! – Yeah, was Kombinationsgabe betrifft, so kann man sich auf Logans Köpfchen schon verlassen. Du hast den Revolver von Barker beiseitegebracht. Smart war das. Ich habe es nicht gemerkt. Aber unser harter Stearns – der hat den Braten gerochen. Weißt du, Sally, es tut mir direkt gut, mal nicht an einer Schweinerei schuld zu sein!«

Jim Drago stand auf.

»Ich werde ihm Wasser geben.«

»Du bleibst sitzen, bis es vorbei ist!« donnerte Stearns.

»Wer von euch will mich denn daran hindern?« gab Jim spöttisch zurück: »Du, Stearns? Lenke dich nur eine halbe Sekunde ab, und schon hast du Reds Kugel im Leib. Oder du, Red?«

»Bewahre, Jim! Unser Logan ist mir wichtiger.«

»Jim, wenn ich dieses Halfcast erledigt habe, wirst du was erleben!«

Jim goß einen Becher voll Wasser und ging zu Burk. Red aber tat entrüstet: »Er hat mich schon wieder beleidigt! Ihr habt es gehört! Das kann kein anständiges Halfcast auf sich sitzen lassen, nicht wahr? Sagt bloß nachher nicht, ich wäre ein mörderischer Kerl! So etwas wird in allen Teilen des Westens mit Kugeln beantwortet! Daß mir keiner glauben will, welch ein friedfertiger Mensch ich bin!«

XI

Nun, nachdem sich die sternklare Nacht über die von dem Hurrikan verwüsteten und vom Regen bis in die letzten Spalten ausgewaschenen Berge gesenkt hatte, wurde der Wohnraum nur noch von den hell flackernden, rotgelben Flammen des Kaminfeuers beleuchtet.

Die Spannung hatte sich so sehr ins Unerträgliche gesteigert, daß das Mädchen es nicht mehr aushielt. Es war auf einen Stuhl an der Seite des Kamins gesunken und zitterte an allen Gliedern vor Erregung.

Red Burgess saß auf seinem Schemel in der dem Kamin zugewandten Ecke. Nur seine Beine und ein Teil seiner Hüfte waren beleuchtet. Oberkörper und Kopf verschwanden im tiefschwarzen Schatten des Kamindachvorsprungs.

Logan Stearns hatte sich inzwischen ein paarmal gesetzt, war zwei oder drei winzige Schritte auf und niedergegangen, ohne Red auch nur einen Bruchteil einer Sekunde aus den Augen zu lassen, und lehnte nun mit dem nassen Rücken wieder an der Wand zwischen den beiden offenen Fenstern, durch die ein kühler Windzug wehte.

Jim Drago stand an der Wand zwischen Haustür und der Öffnung zum Nebenraum. Von Burk Paxton hörte man nur heiße, fliegende Atemzüge, die tief in den Bronchien kochten. Patrick McGee hockte schwer und ruhig in seinem Armstuhl, die nassen Arme auf die Lehnen gestützt. Der große Messingstern an seiner Weste schimmerte matt und golden.

»Tock – sss – tock – sss!« machte die kleine Uhr auf dem Kaminsims.

Irgendwo summten ein paar Nachtinsekten, tanzten im flackernden Licht, flogen näher, wurden versengt und verbrannten. Immer neue folgten. Und nun begannen sich auch langsam die großen Stechmücken einzustellen und mit ihrem hohen Gesumm die Luft zu erfüllen. Sie ließen sich auf jedes Stückchen menschlicher Haut nieder und ließen dort beißende Stichwunden zurück.

Stearns, der am Fenster stand, hatte schon in kurzer Zeit das ganze Gesicht voll Pusteln.

Die anderen konnten sich der lästigen Mücken mit den Händen erwehren, wurden aber nichts destoweniger ebenfalls arg zerstochen. Nur den Halbindianer ließen sie in Ruhe. Jedenfalls gab Red Burgess nicht durch die geringste Bewegung zu erkennen, daß er belästigt wurde.

So rann die Zeit dahin wie zäher, klebriger Brei. Jede Sekunde wurde zur Stunde. Jede Minute zur Ewigkeit. Selbst Jim Drago, der im Schatten der Gefahr aufgewachsen war, spürte, wie dieser nun schon seit Stunden dauernde, schweigende, zermürbende Kampf um *den* Augenblick, in dem einer sich eine winzige Blöße gab, seine Nerven zersägte. Am liebsten hätte er aufspringen, den Colt herausreißen und schießen mögen, schießen und schreien, damit es ein Ende hatte. Aber er rührte sich nicht. Höchstens, wenn er nach den Mücken im Gesicht schlug, oder die Beine verstellte.

»Weißt du, Logan«, tönte Reds Stimme frisch und unbekümmert aus dem Schatten, »wenn ich in Durango bin, werde ich erst einmal einen Montetisch eröffnen und den Pfeffersäcken genug Geld abnehmen, um ein paar Wochen fein leben zu können. Ein neuer Anzug – feinste Ware natürlich, ein Fünfzig-Dollar-Stetson – weißes Seidenhemd – blauseidenes Halstuch – die Hose aus bestem Whipcord und halbhohe Stiefel aus Alligatorhaut – hahaha – Red Burgess, der Gentleman, der die Ladies höflich grüßt – Como Ista? Senorita? – Good Morning, Madam! – Yeah, und dann natürlich einen ganz anderen Waffengurt. Doppelt genähtes, handgeprägtes Kalbsleder. Und einen Colt zu zweihundet Dollar. Versilbert mit plattiertem Kolben. 44er Double Aktion Modell. Weißt du, diese neumodischen Dinger, bei denen man nicht mehr spannen muß, sondern in einem durchschießen kann. Logan, das gibt ein Leben, sage ich dir. Schade, daß dir das Pech mit den Pferden passieren mußte. Daran ist Pats Vater schuld.«

Red lachte hämisch in seinen Hals hinein.

»Wenn der nicht Trapper gewesen wäre und ausgerechnet an dieser elenden Wand seine Festung gebaut hätte, by Gosh, du könntest dich auch ausstaffieren wie ein Tenderfoot und weiter den harten Stearns markieren. Pech! Quien sabe? So geht's! Da hast du nun ein ganzes Jahr wie ein Fuchs auf der Lauer gelegen, das ganze Gefängnis studiert wie ein Doktor seine Medizin, und jetzt muß ich auch noch meinen alten Freund umbringen! Tttt!«

Logan Stearns wartete. Er konnte Reds Revolverhalfter nicht sehen, da es an den rechten Oberschenkel mittels des obligaten Lederriemens festgebunden war und der Feuerseite zugekehrt war. Auch Reds rechte Hand und alles darüber lagen in undurchdringlichem Schatten. Aber Logan Stearns wußte, daß er die Hand sehen mußte, wenn sie zum Kolben kroch. Und das würde ihm genügen.

»Nicht, daß ich undankbar wäre. Diabolo, wer spricht von Dankbarkeit. Es sind nur zwei Pferde und drei Männer da. Das ist alles. Statt Burk hätte es mich aufs Dach oder dich oder Jim treffen können, und wir lägen jetzt da und spielten Dampfmaschine. Gar nicht gut, wenn man so eine zähe Natur hat. Ich glaube, ich würde einen ganzen Monat sterben. Brr. Virgen santissima! Scheußlich. Eine schnelle Kugel ist doch was wert, was, Logan?«

Zwei Mücken ließen sich auf Stearns' Oberlippe nieder und stachen, daß ihm die Tränen aus den Augen sprangen. Aber Stearns rührte sich nicht.

»Die Müdigkeit ist wie eine Ratte, die einem das Gehirn wegfrißt, stimmt's, Logan?«

Das Gesicht des Virginiers troff von Schweiß. Und dieser salzige Stoff zog die Mücken noch mehr an. Stearns krümmte die Zehen in den Stiefeln. Er wollte sich nun nicht mehr bewegen. Er ahnte, daß es nun kurz bevorstand. In ihm hatte sich in den Jahren ein untrügliches Gefühl für akute Gefahr herangebildet, das ihn noch nie trog. Er würde diese Spannung nicht mehr lange ertragen. Alle seine Nerven flatterten schon, und nur seine eiserne Beherrschung, sein eisenharter Wille hielt ihn noch auf den Beinen, schärfte immer wieder seine stumpf werdende Wachsamkeit.

»Weißt du, bei den Comanchen ist das Sterben eigentlich eine würdevolle Sache, wenn man das so überlegt. Hör mal Burk an! Ein Comanche legt sich hin und stimmt seinen Todesgesang an. Darin schildert er noch einmal kurz seine Taten und brüllt in den Himmel oder in den Staub oder was weiß ich wohin, was er für ein prachtvoller Bursche gewesen ist, wie viele Pferde er geklaut, wie vielen Weißen er den Skalp abgeschnitten und wie viele Rinder er getötet hat. Dann, wenn er fertig ist, macht er die Augen zu und läßt das Atmen sein. Fertig!«

McGees Hand klatschte gegen die Stirn und schlug gleich vier Mücken zu Brei.

Red Burgess lachte leise.

»Stell dir mal vor, wenn du jetzt deinen Todesgesang anstimmen würdest, Logan! Hoho, um diesen feinen Menschen zu zeigen, welch ein einmaliges Prachtexemplar von Bandit du gewesen bist, müßtest du mindestens vier Wochen an einem Stück grölen! Mann, Hombre, hast du die Sprache verloren, oder ist es jetzt bei dir soweit?« Kleine Pause. »Du bist der Sauerteig, Logan, und ich der Koch, der ihn knetet, bis er soweit ist!«

Es trat wieder eine lange Pause des Schweigens ein, in der die Uhr tickte, die Flammen aus dem knisternden und manchmal knallenden, harzigen Holz brachen, in der die Mücken summten, und Burks Atem hechelte.

Plötzlich schrie Sally mit schriller Stimme auf:

»Nun schießt doch endlich! Das ist ja nicht zum Aushalten! Los, bringt euch endlich um! Bringt euch um!« Schluchzend sank das Mädchen in sich zusammen, wurde aber dann sofort wieder ruhig. Sally wischte mit der Hand über Augen und Mund, holte tief Atem und gab keinen Ton mehr von sich.

Red Burgess verstellte wieder seine Beine, das heißt, er schlug eins über das andere. Das hatte er schon ein paar Dutzend Mal getan. Aber diesmal fiel dem wachsam lauernden Jim auf, daß sich Red dabei auch wieder etwas nach Stearns zudrehte. Jedesmal, wenn er die Beinstellung wechselte, konnte Jim von seiner Seite aus etwas mehr von Reds Revolverhalfter sehen. Zuerst war es nur der Boden gewesen, dann die unterste Schnalle. Und so weiter, bis auch die obere Schnalle sichtbar wurde. Nun erkannte Jim den Einschnitt oben im Halfterrand, die gerundete Kerbung, die dafür bestimmt war, daß man beim Anfassen des Kolbens auch gleichzeitig schon den Zeigefinger um den Abzugbügel legen konnte. Und der Abzugbügel hinter der Kerbung war jetzt zu sehen.

Da Red das rechte über das linke Bein geschlagen hatte, zeigte das Halfter schräg aufwärts. Jim maß die Richtung, und ihm jagte eine heiße Welle des Erkennens durch das Hirn.

Der im Halfter ruhende Colt Reds zeigte mit der Mündung genau auf Logan Stearns. Vielleicht mitten auf seinen Leib. Wenn Red den Colt gespannt hatte, und Jim war sicher, daß das der Fall war, so brauchte er jetzt nur noch den Finger vorsichtig um den Abzug zu legen und abzudrücken. Die Kugel würde den Halfterboden durchschlagen und Stearns treffen, ohne daß Stearns auch nur die geringste Chance hatte.

Oder hatte Stearns es auch gemerkt?

Warum schoß er dann nicht?

Gewiß, er befand sich Red gegenüber im Nachteil, weil Red zur Hälfte im tiefen Schatten saß. Stearns dagegen wurde von den zuckenden Flammenspielen von allen Seiten beleuchtet. Das Licht war sehr schwach, und es täuschte Bewegungen vor, die in Wirklichkeit gar nicht da waren. So schien es auch, als bewegten sich Stearns' Falten im Gesicht ununterbrochen. Doch der Halbindianer hatte mehr Jahre seines Lebens am Feuerschein als an der Sonne zugebracht. Er würde sich von den Schattenspielen nicht täuschen lassen.

Da – sah Stearns denn nicht die langsame Bewegung von Red?

Dort kroch ein Zeigefinger zum Revolverabzug, so langsam und vorsichtig, daß man das Kriechen selbst gar nicht wahrnehmen konnte. Nur, wenn man in kurzen Intervallen hinschaute, so gewahrte man, daß jedesmal die Fingerspitze dem Abzug etwas nähergekommen war.

Jim schaute zu McGee hinüber, der mit gesenktem Kopf auf seinem Stuhl saß als schliefe er.

Aber Patrick McGee schlief nicht.

Patrick McGee drehte ganz langsam den Kopf und nickte Jim zu. Er hatte es also auch gesehen. Nur Logan Stearns konnte es nicht sehen, weil sich Reds Hand dem Revolver dicht über der Sitzfläche des Stuhls näherte.

Diese Stellung war eine denkbar ungünstige zum Ziehen. Vielleicht hatte Stearns sich in die Meinung verbissen, Red würde ziehen. Wer schoß auch schon durch den Halfterboden?

»Gelb ist der Maisschnaps,
und rot ist dein Blut!
Einen Toten hängt man nicht!
Deine Kühe haben Zecken
und ein Loch hat dein Hut!
Einen Toten hängt man nicht!
Yaaaaiiiiaaaah!«

Reds Stimme durchbrach das harte Schweigen wie

ein Blitzstrahl! Sie war etwas heiser, aber immer noch wohltönend. Den wilden Reiterschrei, ein tief aus der Kehle kommender, schriller Laut, mit dem Trailreiter die müdesten Rinder in Trab brachten, kam gedämpft heraus, und Jim kannte niemand, der es so vollendet konnte wie Red Burgess.

Nun hatte die Fingerspitze den Rand der Einkerbung erreicht.

Es bestand kein Zweifel daran, daß Stearns seinen Revolver nun schon fast halb aus dem Halfter gezogen hatte, und daß Red offenbar nicht merkte, wie er sich Millimeter um Millimeter langsam etwas zur Wand umdrehte, damit sein rechter Arm im Körperschatten lag.

Noch zehn Sekunden, rechnete der Virginier, dann war Red Burgess ein toter Mann.

Reds Fingerkuppe berührte den Abzugbügel.

Ganz langsam, ganz vorsichtig führte er das erste Fingerglied um den Bügel herum.

Jim zog die Beine an. McGee hörte mit Atmen auf.

Der Augenblick war da: Einer der Banditen würde endlich das bekommen, was ihm zustand. Und für den Jungen wie für den Alten gab es kein Rätselraten, wer das sein würde.

Der harte Stearns, dachte Jim. Wenn es einen Mann gab, der sich darauf, daß er so alt geworden war, etwas einbildete, so war es Stearns. Nie hatte ihn je etwas aus der Fassung oder aus der Ruhe bringen können. Er hatte Strapazen, unter denen schwere, große Männer zusammenbrachen, lächelnd ertragen. Selbst die Wächter im Gefängnis nannten ihn den »harten« Stearns.

»Wenn der einmal gehenkt werden sollte, so muß man schon ein Drahtseil nehmen«, hatte einmal jemand gesagt, »jedes andere Seil würde reißen, so scharf und hart ist der Bursche.«

Das war also seine Stunde. Hatte Stearns ihm

nicht, als sie gemeinsam in einer Zelle saßen, einmal gesagt, daß jeder Mann seine Kugel hätte, daß für jeden einmal der Augenblick käme, in dem es ans Sterben ginge?

Stearns' Kugel saß vor Red Burgess Revolverlauf.

Nun hatte Stearns den Revolver fast ganz aus dem Halfter.

Noch einen Zoll, dachte er eiskalt, während ihm der Schweiß in die Augen rann. Noch einen halben Zoll.

Red begann zu pfeifen.

»Tock – sss – tock – – –«, machte die Uhr und blieb stehen.

Im selben Augenblick preßte Reds Zeigefinger den Abzugsbügel zurück. Ein brüllender Knall! – Eine spitze, lange, rotgelbe Feuerzunge stach auf Stearns zu. Eine Pulverwolke hüllte ihn ein. Das gelbrote Blitzlicht blendete Logan Stearns. Ein wuchtiger Schlag traf seinen Leib. Er krachte gegen die Wand, in der Hand den Revolver.

»Aus! Getroffen!« Wie eine Brandfackel fiel es in das Bewußtsein des Virginiers. »Er war schneller!«

Stearns Revolver fauchte auf.

Einmal. Zweimal. Dreimal.

Aber dort, wo Red gesessen hatte, war nur leerer Schatten. In diesen Schatten hinein klatschten die schweren Kugeln, bohrten sich mit häßlichen Lauten ins Holz, und Reds gellendes Lachen schallte durch den Raum, durch das Echo der brüllenden Detonationen.

Stearns sank in die Knie.

Zuerst auf das rechte, dann auf das linke. Der Revolver entglitt seiner Hand und fiel polternd zu Boden. Er preßte beide Hände gegen den Leib. Kein Laut kam über seine Lippen. Nur seine Zähne malten.

Red stand geduckt vor dem Kaminfeuer. Aus seinem Colt kroch ein dünner Rauchfaden und seine Kleidung begann in der unmittelbaren Nähe des Feuers zu dampfen.

Logan Stearns wendete den Kopf. Man konnte nun deutlich sein von Mückenpusteln bedecktes Gesicht sehen. Die Anstrengung färbte seine Haut fast violett. Das Weiße in den Augen war rot, die Unterlippe zerbissen. Stearns kämpfte und kämpfte, um knien zu bleiben, und sein Blick suchte Red.

»Hier bin ich«, flüsterte Red und schoß noch einmal.

Die Kugel traf Stearns seitlich in den Leib. Stearns wurde wie von einer Riesenfaust über das rechte Knie gebeugt. Es sah aus, als stürze er nun nieder; aber er pendelte wieder zurück. Diesmal brach ein Laut aus seinem Munde, der wie zerreißendes Holz klang.

»Wie – wie – hast – du – das – gemacht?«

Der Halbindianer lachte. Er war auf den Absätzen herumgefahren und lauerte Jim und McGee an. Stearns kümmerte ihn nicht mehr. Der hatte genug. Langsam sank Stearns über die rechte Hüftseite ab und zu Boden. Dort blieb er zusammengekrümmt und keuchend liegen.

Jim Drago hielt ebenfalls seinen Revolver in der Faust. Breitbeinig stand er vor seinem Stuhl und wartete.

»Haben wir das nicht schon mal gehabt?» fragte Red. Seine Züge drückten keinen Hohn, keinen Spott und keinen Zynismus mehr aus, nur noch lauernde Wachsamkeit. Es stand fest, daß dieser Mann nicht mehr zu überraschen war. »Du bist ein cleverer Bursche, mein guter Jimmy. Aber du bist noch nicht genug vom Wind zerzaust, um es mit einem alten Wolf wie mich aufnehmen zu können.

»Ich kann hier so stehenbleiben, bis die Posse

kommt«, gab Jim ruhig zurück, und Red nickte heftig mit dem Kopf.

»Si, si, ich weiß, du halber Buscadero. Du stehst wie ein Obelisk aus den Südstaaten. Du bist ruhig wie ein Rinderpferd, freundlich wie ein Colonel aus Fort Worth und gefährlich wie eine Klapperschlange, der man auf den Schwanz getreten hat. Red Burgess weiß, Junge. Rühr dich nicht, Pat! Rühr dich nicht von der Stelle, auch wenn du glaubst, daß du vielleicht eine Chance hast. Du hast keine, Pat! Verstehst du das? Sobald ich merke, daß ich hier draufgehen muß, geht ihr alle drei mir voraus! Kapiert?! Und wenn du einen halben Schritt nur auf mich losmarschierst, dann bist du ein toter Mann!«

»Und wer soll dich dann über den Paß führen, Red?«

»Richtig. Das ist natürlich ein Problem. Ich werde es lösen!« Mit einer gedankenschnellen Bewegung hatte Red seinen Revolver auf Sally gerichtet.

Jims Schießbewegung erstarrte.

Der Halbindianer blies die Backen auf.

Er nickte befriedigt.

»Du hast es verstanden, Jim! Dein Schwiegersohn ist sehr höflich. Er opfert sich. Hast du es gesehen, Pat? Jim weiß, daß ich mir nicht das geringste daraus mache, das Mädchen zu treffen. Hör zu, Pat, das ist euer Nachteil! Sally McGee! Bei den Comanchen waren die Squaws Geschöpfe ohne Seele. Sie taten alle Arbeit und durften nur ab und zu einmal einen weißen Gefangenen zum Vergnügen martern. Ein Krieger hätte für hundert Sqaws nicht ein Glied seines kleinen Fingers geopfert. Sally, bleib ganz ruhig sitzen. Ich werde . . .«

Seitlich hinter Red schnappte ein Revolverhahn ein.

Red fuhr wie der Blitz herum und feuerte sofort.

Stearns hatte sich aufgerichtet. Stearns hielt seinen

Colt mit beiden blutigen Händen. Stearns zitterte von den Haarspitzen bis in die Stiefel hinein vor Anstrengung, mit der er seine letzte Kraft, seinen letzten Funken Energie sammelte und in die Arme fließen ließ.

Reds Kugel war tödlich . . .

Nun warf sich Red wieder herum, ließ sich aber gleichzeitig zu Boden fallen. Zwei Schüsse peitschten durch den Pulverdampf. Jims Kugel riß Red eine tiefe Furche in die Kopfhaut, und Jim wurde von Reds Kugel das Hemd dicht unter der linken Achselhöhe aufgeschlitzt. Wieder dröhnte Jims Colt. Aber sein Blei fuhr in den Boden, dort, wo Red noch eben gelegen hatte. Red war über Stearn's Körper gehetzt und hatte im Laufen geschossen. Die Kugel hieb einen großen Span aus der Türblende zum Nebenraum, in den Red mit einem Hechtsprung verschwand.

»Jetzt hast du noch einen Schuß, Red!« rief Jim. »Ziele gut! Wenn er aus dem Rohr ist, komme ich über dich!«

In diesem Augenblick nahm McGee die Parkerschrotflinte von der Wand und verschwand in der Kochnische.

Dicht bei Reds Stiefel lag Stearns' Colt. Drei Schuß waren noch darin. Red nahm seinen Colt in die Linke und tastete mit der Rechten vorsichtig nach Stearns' Revolver. Dann hatte er ihn. Nun schoß Red wieder einen Span aus der Türblende.

»Vorsicht, Jim! Stearns' Revolver ist weg!« schrie Sally. Gerade im rechten Augenblick; denn Jim fing sich mitten im Sprung ab, und so traf ihn die Kugel Reds seitlich im linken Unterarm.

Red fluchte.

»Wirf das Gewehr raus, Pat! Du hast drei Sekunden Zeit. Liegt das Ding dann nicht draußen, schieße ich auf das Mädchen!«

Das würde Red tun. Das stand fest. Das Gewehr flog aus der Küche.

»Jim! Barkers Revolver ist in Burks Bett. Zwischen den beiden oberen Matrazenkeilen!«

»Gut gemacht, Sally! Aber das wird euch nichts nützen. Mein Colt ist wieder geladen und . . .«

»Burk ist tot!« rief Jim aus dem Nebenzimmer.

»Paß auf!« schrie Sally gellend, aber Jims Schuß kam schon zu spät. Mit katzenhafter Geschmeidigkeit war Red hinter die schwere Kommode an der Tür gehuscht. Von hier aus konnte er die Tür zum Nebenraum im Auge behalten, und er hatte McGee und das Mädchen vor sich.

Es sah so aus, als wäre er Herr der Lage.

»Jim! Es ist vorbei! Wenn du hierhin schießen willst, mußt du schon Zielscheibe spielen. Hast du den Revolver?«

»Yeah«, knurrte Jim aus dem Dunkel.

»All right, streichele ihn ein bißchen; denn zu mehr taugt er nicht für dich. Pat McGee, jetzt höre zu, was ich zu sagen habe: Ich kämpfe hier nicht mit einem verrückten Cowboy, weil der mir schwer im Magen liegt, sondern um meinen Kopf. Ich habe nur einen, und den möchte ich behalten. Wenn ich nach Durango komme, geschieht euch nichts. Komme ich aber nicht nach Durango, dann bleibt hier keiner am Leben. Und so rasch wie bei Stearns geht es dann nicht! Comanchenart! Denke daran! Glaube ja nicht, ich hätte auch nur für einen einzigen Cent Skrupel!«

Das war sehr deutlich, und alle drei, Jim, McGee und das Mädchen hatten verstanden.

Patrick McGee schielte auf das Gewehr nieder, das keine drei Fuß von ihm entfernt am Boden lag. In jedem Lauf steckten zweimal Buckshot Mark II (Rehposten: eine Patrone enthält acht große Bleikugeln aus Weichblei 20 mm, die hintereinander vor der Pulverladung sitzen). So klug die Banditen auch waren, alle

Waffen im Hause zu entladen, so hatten sie doch übersehen, daß er immer einige Patronen in den Taschen bei sich trug.

McGees Züge waren wie gemeißelt so hart. Nur noch Red Burgess war übriggeblieben. Aber Red war gefährlicher als die anderen drei zusammen. Er mußte sich jedes Wort, jede noch so winzige Bewegung genauestens vorher überlegen; denn es bestand nicht der geringste Zweifel daran, daß das Leben des Mädchens an einem seidenen Faden hing.

Auch Jim Drago im Nebenzimmer rauchte der Kopf. Wenn Sally nicht wäre, yeah, dann wäre es eine einfache Sache gewesen. Beide Colts in den Händen, einen Satz ins Zimmer und geschossen, was aus den Rohren ging.

»Sie müssen ihn über den Paß bringen, Mister McGee«, sagte Jim gepreßt, als er vergebens sein Hirn nach einem Ausweg zermartert hatte. »Ich bleibe dann hier bei Sally und warte auf die Posse.«

Red lachte schleppend.

»O Jim, dich muß es aber erwischt haben! Er opfert sich tatsächlich. Während wir uns durch die Berge schlagen, will er hier mit deiner Tochter seine Spiele treiben. O Jim. Und ich habe dich für einen Mann gehalten, der lieber kämpfend untergeht, als sich hängen läßt! Jim, bist du wirklich sicher, daß ich nicht mit dir Truthahn spielen werde?«

»Mister McGee! In einer Stunde dämmert es!«

»Hast du gehört, Pat? In einer Stunde dämmert es am Himmel. Hoffentlich dämmert es auch bald bei dir! Sally, geh und zieh die Uhr auf!«

Das Mädchen blickte ihren Vater fragend an.

Da bellte Reds Colt auf, und die Kugel wischte heiß durch ihre Haare, dicht an ihrem Nacken vorbei und zerschlug einen Emailletopf mit Zucker.

»Wenn ich etwas sage, tust du das gefälligst sofort!«

Sally lief zur Uhr. McGee aber ballte die Fäuste, und mahlte mit den Zähnen. Wilder Zorn stieg ihm sengend in den Kopf.

»McGee! Sie müssen sich entschließen! Wenn Sally etwas geschieht, tragen Sie die Schuld! Schmeißen Sie den elenden Stern zum Fenster hinaus! Der ist jetzt keinen blanken Nickel mehr wert!«

McGees Hand krampfte sich um den Stern. Sein Bewußtsein brannte. Die Uhr begann wieder zu tikken, und Sally wollte zurückgehen.

»Nein! Hierher!«

»Du faßt sie nicht an, Red!« grollte McGee. »Oder ich bringe dich um!«

»Keine Sorge, so stell dich hier vor mich. So. Warum zitterst du denn? Wenn dein Vater und dieser Kuhjunge vernünftig sind, liegst du in einer Stunde friedlich im Bett. Well, Pat, deinem Mädchen geschieht nichts. Schau auf die Uhr. Du hast eine Viertelstunde Zeit, dir zu überlegen, was endgültig getan wird! Ich weiß, wie starrsinnig du bist! Ich werde Sally vor deinen Augen töten. Aber so, daß sie erst in ein paar Tagen stirbt. Dann bist du dran. Und mit dem Jungen fechte ich es dann zu Ende aus! Du kannst dich darauf verlassen, daß er alle viere von sich streckt. Und noch etwas: Ehe ich hier in dieser Festung fertig bin, werden draußen noch ein paar Männer von der Posse liegen bleiben. Die letzte Kugel ist für mich! So sieht es aus, wenn du stur bist! Und jetzt wringe deinen Verstand, Patrick McGee! Wenn die Zeit um ist, handele ich, ohne dich noch ein Wort zu fragen! Steh ruhig, Mädchen. Jetzt bist du so lange auf den Beinen geblieben, dann hältst du es noch etwas aus.«

»Cochino!« preßte das Mädchen hervor.

Red hatte sie neben die Breitseite der Kommode dirigiert. Der linke Colt zeigte in ihren Rücken. Seine Deckung war nun vollkommen.

Jim begann vorsichtig die Sporen abzuschnallen und legte sie auf das Bett. Der Schlafraum hatte ein kleines Fenster. Das war verschlossen. Jim schwitzte aus allen Poren. Der Schweiß war heiß und salzig und brannte in den Platzwunden, und wenn er in die lange Schnittwunde lief, war es, als brenne sein ganzes Gesicht lichterloh. Die Müdigkeit lag Jim wie flüssiges Blei in den Gelenken. Ihn beherrschte nur ein Gedanke: Sally! Wie konnte er das Mädchen retten? Es mußte einen Ausweg geben. Eine Viertelstunde war eine lange Zeit, um etwas zu unternehmen. Eine kurze, wenn ihm nicht etwas einfiel.

»Tock – sss – tock – sss«, tickte die Uhr.

Irgendwo in den ausgewaschenen Berghängen schepperten Steine.

»Ich will dein Marshalgewissen nicht unnötig strapazieren, Pat«, sagte Red gedehnt. »Es gibt niemand in den Vereinigten Staaten, der es nicht versteht, daß dir deine Tochter vor dem Stern geht. Und, was deine Gefängniszeit mit uns angeht: drei Tote, Pat! Es wird wohl niemand behaupten, daß du Burk, Sundown und Stearns aus reiner Freundschaft umgebracht hast. Das war die Stimme der Vernunft, Pat!«

»Bei dir hat alles eine Bedeutung. Du bist durch und durch schlecht. Du kannst mir nicht erzählen, daß nicht irgendeine Schweinerei dahintersteckt!«

»Da entdeckt man nun einmal sein weiches Herz, und schon wird es einem nicht geglaubt«, spottete Red. »Bleib ganz ruhig stehen, sonst wird der Onkel Red sehr nervös, Mädchen. Ich will nun nichts mehr riskieren, das ist alles. Soll doch der gute Jimmy sehen, wo er bleibt. Ich habe kein Interesse an seinem Skalp. Jimmy, komm doch von dem Fenster weg! Du möchtest wohl aussteigen und einen kleinen Spaziergang durch den Mondschein machen. Und mir dann eine Kugel in den Rücken schießen? Yeah, yeah, ich höre die Flöhe husten. Du kannst machen, was du willst. Keine Macht der Welt bewahrt dieses Mädchen hier vor meiner Kugel!«

Das nun eintretende Schweigen war bleischwer und drückend. Jim trat vom Fenster weg. Im Bett lag Burk. Entweder war er in einem Erstickungsanfall oder unter unsagbaren Schmerzen gestorben. Sein Gesicht war grauenhaft verzerrt, die Hände hatten sich in das Bettuch gekrallt.

Jim hörte das Ticken der kleinen Uhr.

Sally stand ruhig. Das Herz klopfte ihr bis in den Hals.

Von dem dicht hinter ihr stehenden Red, dessen Kleidung durch die Körperwärme im Verlaufe der nächtlichen Stunden fast wieder getrocknet war, ging ein stechender Geruch aus. Der Druck der Revolvermündung in ihrem Rücken blieb konstant und fest. Sally schaute ihren Vater an, in dessen grobporigen Zügen es arbeitete.

Sekunde um Sekunde tropfte in das Schweigen wie flüssiges Eisen.

»Red? Ich bin bereit, es mit dir auszuschießen«, sagte Jim. Red lachte.

»Du bist naiv wie ein Kind! Du traust dir aber mächtig viel zu.«

»Wir werden ja sehen, wer schneller ist!«

»Nein, Jim! Habe ich das nötig? Im Gegenteil! Noch zehn Minuten, Pat!«

»Ich denke daran, wie vielen es noch das Leben kostet, wenn du am Leben bleibst!«

»Sorge dich um dich und deine Tochter. Damit hast du genug zu tun!«

Plötzlich fiel Sallys Blick auf die Lampe, die auf dem Tisch stand. Sie glaubte ihren Augen nicht zu trauen. Siedendheiß überlief es sie. Da war die Chance.

Die Lampe!

Der Vorrat an Kerosin war bis auf einen winzigen

Rest verbraucht. Auch das Feuer im Kamin war zu einem Aschenberg eingesunken, der nur noch glühte, und aus dem nur noch zuweilen, kleine, tanzende blaue Flämmchen zuckten.

Fast zur gleichen Zeit fiel auch Jim Dragos Blick auf die Lampe, und ein verwegener Gedanke schoß durch seinen Kopf.

Wenn er nun die Lampe zerschoß?

Aber nach reiflichem Nachdenken verwarf er den Gedanken wieder. Nichts würde Sally vor Reds Kugel bewahren. Den Abzug durchziehen würde bei einem Angriff sofort seine erste Handlung sein. Verzweifelt wischte sich Jim durch die Haare.

McGee schielte unablässig auf die Parker nieder, und die Zeit wurde von der kleinen Uhr zerhackt, unbarmherzig, unaufhörlich.

»Tock – sss – tock – sss!«

Sobald das Licht ausgeht, muß ich die winzige Sekunde Verwirrung ausnutzen, dachte Sally gehetzt und starrte die Lampe wie hypnotisiert an. Ich muß mich fallen lassen. Nein! Ich muß mich so rasch drehen, wie ich kann, und dann fallen lassen. Ja, und wenn Jim dann schnell genug reagierte, so konnte er Red mit seinen Schüssen treffen, bevor sie . . .

Aber dann kam ihr plötzlich ein anderer Gedanke. Dieser Gedanke elektrisierte sie.

Sie überdachte ihn gründlich und sagte dann in einem so beherrscht ruhigen, fast freundlichen Ton, daß Red sofort die Ohren spitzte:

»Wenn ich mich nicht irre, geht das Kerosin zu Ende. Noch bevor Vaters Ultimatum abgelaufen ist, wird es dunkel sein!«

Red warf den Kopf herum.

Er zischte einen spanischen Fluch.

Damit hatte er nicht gerechnet.

Jetzt mußte er sich rasch auf die neue Lage einstellen.

Bald würde es dunkel sein. Wenn das Mädchen irgend etwas plante, sich fallen zu lassen oder zur Seite zu werfen, so würde Jim seine Kugeln genau in sein – Reds – Mündungsfeuer hineinsetzen können, und es war nicht einmal sicher, ob er das Mädchen treffen würde.

Red biß sich auf die Unterlippe.

Teufel, um das Mädchen ging es ja gar nicht. Soweit, daß er auf sie schießen mußte, durfte es gar nicht erst kommen. Das war auch sein eigenes Todesurteil. Wenn der klotzige Ire sah, daß seine Tochter getroffen war, dann würde er die ganze Hölle samt Teufels Großmutter und Urenkel über den Paß bringen, aber niemals mehr ihn.

»Paß auf, was ich dir jetzt sage, Sally!« sagte Red. »Wo steht das Kerosin?«

»In dem kleinen Kanister, oben auf dem Bord neben dem Bild.«

»Ah, yeah, sehe ich. Das ist gut. Du gehst jetzt ganz langsam hin. Du hebst ihn genauso langsam ab und tritts rückwärts an den Tisch. Und alles ganz langsam, Sally, hast du verstanden? Dann füllst du nach! Los, geh jetzt!«

Sally löste sich von ihm und tat, wie er gesagt hatte. Sie ging langsam quer durch den Raum und auf das Bord zu.

»Schön ruhig bleiben, Jim«, warnte Red. »Sie spaziert genau auf meiner Schußlinie. Noch vier Minuten, Pat!«

Nun hatte Sally das Bord erreicht. Dabei wandte sie ihrem Vater und Jim das Gesicht zu. Beschwörend blickte sie auf den Kanister, den sie in die Hand nahm, und ging langsam zurück.

Jim hatte sofort verstanden. Als McGee es begriff, wurde sein finsteres Gesicht noch verschlossener. Aber seine kleinen Augen begannen zu glitzern wie polierte Steine. Er rechnete aus, daß er einen einzigen

Schritt tun mußte. Bücken, das Gewehr hochreißen, die Hähne spannen und . . .

Unwillkürlich, als Jim verstanden hatte, was das verwegene Mädchen meinte, öffnete sich sein Mund. ›Nein, tue das nicht, Sally!‹ wollte er schreien. Doch es drang kein Laut von seinen Lippen. Es war die letzte Chance. Es war die beste und allerletzte Chance zugleich. Aber sie konnte Sally das Leben kosten, wenn er nicht schnell genug war.

Jim hatte den Tisch vor sich. Red und die Kommode konnte er von seinem Standpunkt aus nicht sehen. Er zog beide Colts und trat vorsichtig zur Seite.

Red mußte jetzt auf Sally achtgeben. Aber trotzdem würde er jede Bewegung, die sich auch nur am Rande seines Blickwinkels vollzog, wahrnehmen und sofort handeln. Deshalb bewegte sich Jim sehr, sehr vorsichtig. Dann war es soweit. Mit gespreizten Beinen stand er mitten im Schlafraum. Er sah die Ecke der Kommode und den rechten Arm Reds, der den Revolver auf das Mädchen gerichtet hielt.

Nun stand Sally hinter dem Tisch und beugte sich über die Lampe.

»Noch zwei Minuten, Pat«, hörte man den ahnungslosen Red sagen.

Ein Schuß auf Reds Revolver war zu unsicher, solange es noch nicht passiert war, dachte Jim. In dem schlechten Licht konnte solch ein Schuß über zehn Yards daneben gehen. Jim konzentrierte sich bis auf den letzten Muskel. Alle seine Nerven waren gespannt für den nächsten Augenblick.

Sally schraubte den Verschluß von der Lampe und den von dem Kanister.

Jetzt hob sie den Kanister, als wolle sie den Brennstoff in den Tank schütten.

McGee wippte bereits im rechten Knie. Er sah nichts als das Gewehr.

Er hatte mit einem raschen Blick zum Schlafraum

hin gesehen, daß Jim bereitstand. Sallys Leben hing jetzt von Jim ab. Ganz allein von seiner Schnelligkeit und Sicherheit.

Und dann geschah es. Sally kippte den Kanister mit einem Ruck nach vorne. Das Kerosin schoß in dickem Strahl auf den glühend heißen Glaszylinder, und augenblicklich schoß eine riesenhafte feurige Lohe empor. Sofort brannte der Tisch, zwei Stühle und ein Teil des Fußbodens lichterloh. Aber auch Sallys Kleid hatte ein paar Spritzer abbekommen, und auch diese brannten. Mit einem Schrei sprang das Mädchen zurück und ließ sich fallen.

Das alles dauerte kaum eine ganze Sekunde.

Red Burgess stieß einen wilden Schrei aus.

»Bist du denn verrückt geworden?«

Er schoß nicht, wie Jim und McGee erwartet hatten, auf das Mädchen, das sich am Boden wälzte, um das brennende Kleid zu ersticken, sondern auf Jim, der in der Tür erschien, gespenstisch von den grell lodernden und eine furchtbare Hitze schleudernden Flammen beleuchtet.

Aber Jim war den Bruchteil einer Sekunde schneller.

Seine Kugel schlitzte Red den rechten Unterarm vom Handgelenk bis zum Ellenbogen auf. Der Colt flog in die sich mit rasender Schnelligkeit verbreitenden Flammen. Doch Red hatte noch Logan Stearns' Colt in der Linken.

Zwei von drei Kugeln trafen Jim und warfen ihn auf den Rücken.

Jetzt stürzte Red auf McGee zu, der mit der Parkerflinte in den knochigen Pranken und unheildrohenden Augen hochkam.

Mit einem wilden Satz sprang Sally durch eins der Fenster hinaus ins Freie.

XIII

Die Männer der Posse stiegen nicht aus den Sätteln, sondern sie fielen förmlich wie leblos von den Pferden und taumelten und torkelten in das Rasthaus der Wells Fargo Station.

Hap March stampfte breitbeinig durch den knöchelhohen Morast auf die Tür zu und riß sie auf. Er und seine Männer trieften, als wären sie gerade eben aus einem Fluß gestiegen.

In dem von zwei sauberen Lampen erhellten Raum sprang ein halbes Dutzend Männer auf und starrte die triefenden Reiter entgeistert an.

»Wo, in drei Teufels Namen, kommt ihr denn her?« stotterte Cap Mowry, der Posthalter, den riesigen Mann mit dem hölzernen Gesicht und dem Stern auf der Jacke an.

»Von draußen«, erwiderte Hap March einsilbig. »Kann jemand Sheriff Barker holen?«

Dort, wo nun die zwanzig Männer der Posse standen, mit hängenden Armen, erschöpft bis auf die Knochen, mit flackernden, todmüden Augen, bildete sich sofort ein kleiner See.

»Barker? Der wird oben bei McGee am Paß sein. Er ist bestimmt von dem Hurrikan über . . .«

Der Posthalter begann zu stottern, und seine Augen wurden so groß wie Spiegeleier. »Hey, Sheriff, Mann des Himmels, wo sind Sie denn während des Hurrikans gewesen?«

»In irgendeiner Schlucht.«

»Peggy, Kaffee! Einen ganzen Kübel voll! Und heiß, daß man sich darin rasieren kann. – Mann, in einer Schlucht sagen Sie? Das ist doch ganz unmöglich! Das gibt es doch gar nicht!«

»Bei Sheriff March gibt es nichts, was es nicht gibt!« grunzte ein braunhäutiger Mann und wischte sich die Augen blank.

Hap March hatte ein von der Witterung gegerbtes, zerknittertes, lederhäutiges Gesicht, in dem die hellgrauesten Augen blitzten, die Cap Mowry jemals gesehen hatte. Diese Augen, die scharfkantige Adlernase, das eckige Kinn und die gewaltige Stirn verrieten einen unbeugsamen Willen und eine fast unmenschliche Energie.

»Sie sind Hap March?« fragte einer der Gäste und trat neugierig näher. Er wollte den berühmtesten Menschenjäger von Colorado ganz aus der Nähe sehen.

»Sie meinen doch wohl nicht den Durango Paß?« fragte March schnell.

Mowry nickte. »Natürlich den Durango Paß. Patrick McGee ist der einzige Mensch, der hier im Umkreis von hundert Meilen in den Bergen wohnt. Hoffentlich lebt er noch. Es hat sich angehört, als fresse die Hölle die ganzen San Juan-Montains. So was. Sie waren im Hurrikan. In einer Schlucht, Gents! Davon wird man in hundert Jahren noch berichten. Hier, Sheriff, das ist echter Roanoke Whisky. Original Redeye make.«

Hap March nahm die Flasche und reichte sie seinen Männern. Cap Mowry angelte noch zwei Flaschen vom Regal und gab sie an die erschöpften Männer weiter.

Erst als alle fast eine viertel Flasche getrunken hatten, setzte Hap March eine letzte Flasche an den Mund und trank und trank, daß man in der Station die längsten Hälse machte, die es jemals gegeben hatte. Als Hap March die Flasche absetzte, und mit der Zungenspitze über die Oberlippe fuhr, war sie halb leer!

»Bfff! Das nenne ich einen Zug!« grunzte Mowry anerkennend. »Peggy wird für alles sorgen, was ihr braucht. Kaffee mit Rum. Und dann was Anständiges für hinter die Rippen. Ihr müßt nur noch ein bißchen

Geduld haben. Auf eine so große Mannschaft ist man natürlich nicht jederzeit eingerichtet. Well, legt das nasse Zeug ab. Jack und James werden sich um die Pferde kümmern.«

»Warten Sie!« gebot Hap March. »Die Pferde können versorgt werden. Aber wir brauchen sofort frische.«

»Frische Pferde? Woher soll ich zwanzig frische Pferde mitten in der Nacht hernehmen?«

»Versuchen Sie es!«

Einer der Posse hob den müden Kopf.

»Sag, Hap, du willst doch nicht etwa weiterreiten?«

»Doch, genau das will ich!«

»Wir sind fertig.«

»Ich bleibe keine halbe Meile mehr im Sattel.«

»Wir haben achtundvierzig Stunden auf den Pferden gehockt!«

»Das hält ja ein Grisly nicht aus.«

»Ich passe, Hap. Du kannst von mir aus zur Hölle reiten und dem Teufel das Feuer ausblasen! Ich falle jetzt um!«

»Hap, das geht nicht.«

Es waren nur vier Männer, die nichts sagten und sich nicht rührten. Diese vier waren die härtesten. March grinste die verwegenen Burschen an. Diese Texaner würden sich im Sattel festbinden und weiterreiten, und wenn es bis nach Feuerland und wieder zurück ginge. Alle vier Jungens waren Brüder. Von zwanzig bis dreißig. Sie stammten aus dem Panhandle.

»Wenn ich die Lowry-Jungens mitnehme, wird es genügen.«

Erleichtert sanken die anderen nieder. Auf rasch hingestellte Schemel, auf den Boden. Noch ehe der Kaffee kam, war die Hälfte von ihnen eingeschlafen. Die Lowry-Brüder gingen sporenklirrend auf die Theke zu, warfen die nassen Pelerinen ab, rückten die

Hüte in die Nacken, blinzelten müde das Regal voll Flaschen an, und Tom, der älteste, meinte in seiner breiten Mundart:

»Well, Hap, wenn wir die kurze Magenspülung hinter uns haben, soll uns der ehrenwerte Mister hier was Hartes zum Kauen mitgeben, und wir sind bereit. Wie finden wir denn überhaupt den Weg?«

Aus den Gästen löste sich ein sommersprossiger Cowboy.

»Ich reite mit und führe euch. Um was geht's denn?«

»Fünf Sträflinge sind ausgebrochen. Sie sind auf dem Wege zum Paß.«

Cap Mowry grinste.

»Fünf zu fünf! Das paßt ja.«

»Sechs zu fünf«, sagte der Cowboy breit grinsend, und hielt plötzlich seinen Colt in der Hand.

»Gut«, meinte March anerkennend. »Das war was. Hm, dann ist wohl Barker mit diesem McGee allein?«

»Patrick hat noch eine Tochter. Ein feines Mädel, sage ich Ihnen.«

»Hoffentlich kommen wir nicht zu spät.«

»Well, ich will fünf Pferde besorgen. Gute Berggänger, nicht wahr?«

»Am besten Gemsen.«

Eine halbe Stunde später starrten die Männer der kleinen Gruppe nach, die durch den Regen ritt, wie durch einen endlosen Wasserfall.

»Junge, Junge, der ist ein harter Brocken. Der hat euch ganz anständig gehetzt, was?«

Cap Mowry trat auf die Männer der Posse zu. Keiner antwortete. Sie lagen und hockten wie tot auf dem Boden der Raststätte und . . . schliefen.

»Hey, seht euch die an! Hey, Mann, Kaffee! Es gibt was zu futtern! Zounds! Ich wette, die weckt vor Weihnachten keiner mehr auf. Und es sind harte Burschen. Seht sie euch an. Hap March sucht sich für seine Jagd keine Schwächlinge aus. Wie fertig sie sind!«

Wie hart mußten erst March und die vier Brüder sein! dachten die Männer. Was dann mit den Männern der Posse geschah, berichtete zwei Tage später der ›Conejos Eagle‹ vom 23. August 1882:

»Auf der erbarmungslosen Jagd nach fünf ausgebrochenen Sträflingen jagte Marshal Hap March, den die Bürger von Colorado alle als ›Trigger-Marshal‹ bestens kennen, zwanzig Männer seiner Posse achtundvierzig Stunden ununterbrochen auf dem Pferderücken quer durch die Berge, quer durch den verheerendsten Wirbelsturm der letzten dreißig Jahre bis nach Conejos. Hier fielen sechzehn der gewiß nicht zimperlichen Männer förmlich aus den Sätteln und legten sich in Cap Mowrys Raststätte zum Schlafen nieder, noch bevor sie versorgt werden konnten. Das wird es wohl so bald in unserer Stadt nicht mehr geben: sechzehn ausgewachsene, rauhe Burschen mußten wie Säuglinge ausgezogen, trockengelegt und ins Bett gepackt werden. Ob sie inzwischen aufgewacht sind, steht noch nicht fest. Bei Redaktionsschluß schliefen sie noch, und selbst Revolverschüsse, dicht an ihren Köpfen abgefeuert, weckten sie nicht auf! Hap aber ritt mit den vier Lowry-Brüdern aus dem texanischen Pfannenstiel, von Hank Long geführt, weiter zum Durango Paß. Bürger, wenn diese Männer nicht aus Eisen sind, so weiß ich nicht, woraus der Herrgott sie sonst gemacht haben könnte!« –

Die frischen Pferde waren trotz der kühlen Nachtluft schweißnaß, als sie das kleine Plateau kurz vor dem breiten Hohlweg überquerten.

»Noch etwa eine Meile, Sheriff«, sagte Hank Long. »Und dann gleich auf der riesigen Weide steht McGees Haus am Berg.«

Hap March betrachtete den Himmel.

»Bald wird es dämmern.«

»Wenn die Sträflinge bei McGee sind, müssen sie

die Dämmerung abwarten. Der Paß sieht sicherlich wieder so aus, daß sich nicht einmal der Teufel zurechtfinden kann. Das kann nur Patrick McGee.«

»Tobby«, hörte man Bill Lowry krächzen. »Wenn wir die Sträflinge durch den Wolf gedreht haben, gehen wir tanzen! Hank, wo wird bei euch getanzt?«

»In Hamptons Tanzpalast. Mensch, ihr seid ja wahnsinnig. Tanzen!«

»Yeah, wir haben beschlossen, ab vorgestern nicht mehr zu schlafen«, grunzte Tom Lowry. Er stieß dem Jüngsten in die Rippen. »Was, Kleiner?«

Der ›Kleine‹ war ein schlaksiger Bursche von sechs Fuß und acht Zoll (2,01 m)! Genau zwanzig Jahre alt und der wildeste von allen.

»Klar! Ich schnappe mir den Hahn auf dem Kirchturm und schwenke ihn solange 'rum, bis er kräht!«

»Leise jetzt!« gebot Hap March, und trieb sein Pferd an. »Ich habe ein Gefühl im Magen, als ob wir nicht schnell genug reiten könnten!«

Die fünf Männer trieben die Pferde zu einem kurzen Galopp an und jagten den geröllübersäten Hohlweg hoch.

*

Patrick McGee wollte das Gewehr auf Reds Brust richten. Aber Reds rechte Hand warf es hoch. Gleichzeitig schoß die linke Hand mit dem Colt vor, und der Ire sah im hellodernden Flammenschein den Schlaghahn niederfallen.

Aus, dachte er. Zu spät!

Aber der Colt gab keinen Ton von sich.

Stearns' Revolver war leergeschossen.

McGee riß das Gewehr wieder nach unten.

Red Burgess warf ihm mit einem wilden Fluch die schwere Waffe ins Gesicht und sprang zu, packte die Läufe des Gewehrs mit beiden Händen, stöhnte dabei auf vor Schmerz, und aus der großen Armwunde spritzte es rot. Die Flammen knisterten und prasselten. Der halbe Raum stand in Flammen. Die Hitze war so unerträglich, daß die beiden Männer vor ihr unwillkürlich bis an die Tür des Nebenzimmers zurückwichen.

Mit seiner ganzen Körperkraft und einem verzweifelten wilden Mut drückte Red die Gewehrläufe nach oben.

Diese Bewegung brachte ihn ganz dicht an McGee heran. So dicht waren sie sich noch nie gewesen. Reds keuchender Atem schlug McGee in das blutende Gesicht. McGee sagte kein einziges Wort, aber der Ausdruck in seinen Augen ließ Red keine Sekunde darüber im Zweifel, daß er so gut wie ein toter Mann war.

Das Messer, schoß es durch seinen Kopf. Aber wenn er eine Hand losließ, so würde ihn die Ladung des Gewehrs treffen, bevor er McGee mit dem Messer erreichte.

Mit weit aufgerissenen Augen verstärkte er den verzweifelten Griff an den Läufen. Aber es war, als hätte er versucht, einen Berg zu versetzen.

Langsam und mit unbarmherziger Kraft, sein brennendes Haus vor Augen, warmes, rinnendes Blut im Gesicht, zwang McGee die Läufe des Gewehres wieder herunter. Zoll um Zoll.

Die Hitze wurde infernalisch. Es knallte und zischte und knisterte, fraß und leckte an den Holzwänden hoch. Red hatte das Gefühl, lebend gekocht zu werden. Adern und Sehnen sprangen vor Anstrengung weit aus seiner Halsmuskulatur hervor.

McGee beugte sich vor und drückte. Sein Gesicht kam Reds keuchendem Mund immer näher, und er drückte. Fast berührten sich ihre Nasenspitzen. McGee drückte. Und weiter zwang er die Mündung herunter.

Jetzt hatte Red sie dicht vor der Stirn.

Ein pfeifender Laut entwich seinem verzerrten Mund. Nun schaute er genau in einen der Höllenschlünde hinein.

McGee drückte – langsam, langsam, immer tiefer. An Reds Mund vorbei, an seinem aufgeblähten Kehlkopf, über den Halsansatz, weiter, bis die Läufe auf Reds Leib, dicht unter seinem Herzen, gerichtet waren.

Die Ladung des ersten Laufs zerriß Reds Brust. Er taumelte zwei, drei Schritte zurück, mitten in die hochlodernden Flammen hinein, schrie gellend auf und warf die Arme hoch. Er stand mitten in den roten Flammen. Ein grauenvolles Bild schicksalhafter Vernichtung. Als sein grauenhafter Schrei von höllischer Hitze, von Sauerstoffmangel erstickt wurde und er in die Knie sank, traf ihn die zweite Ladung mitten ins Herz.

Einen kurzen Augenblick starrte McGee auf die leblose Gestalt, dann stürzte er zu Jim Drago.

Der hatte zwei Kugeln in die Brust erhalten. Er hatte sich taumelnd aufgerichtet und wankte nun auf McGee zu, fiel in seine Arme und wurde bewußtlos. An der Tür prallte McGee mit Sally zusammen, die zwei Wassereimer schleppte.

Sie stieß einen Schrei aus, als sie den blutenden Jungen in seinen Armen sah.

Plötzlich erschienen sechs Männer draußen vor dem Haus. McGee sah den Sheriffstern an der Jacke des einen, aber es wurde kein Wort gesprochen.

Nach zehn Minuten war der Brand gelöscht, und sie standen vor Red Burgess' gräßlich zugerichteter Leiche.

»Das ist Barkers Stern!« sagte Hap March ahnungsvoll.

»Kommen Sie, Mister March, ich bringe Sie zu Barker.« Hap March stand vor dem toten Sheriff, warf einen kurzen Blick auf den toten Stearns und nahm den Hut ab.

»Barker war ein guter Mann! Erzählen Sie!«

Als McGee fertig war, und sie draußen im heraufdämmernden Schein des neuen Tages standen, schaute Hap March den Iren lange an.

Dann reichte er McGee die Hand und drückte sie.

»Hm, Sie wissen nicht, daß ich – ich meine, ich war auch . . .«

»Ich weiß, Mister McGee!« winkte Hap March ab, und dann grinsten seine ledernen Züge. »Ich habe einen Mann gekannt, der war genauso starrsinnig wie Sie! Als er als Holzfäller nichts mehr verdienen konnte, ging er zur Bahn. Dort arbeitet er jetzt als Rammbock!«

Das befreiende Lachen der beiden Männer lockte das rußgeschwärzte Mädchen in seinem verkohlten Kleid heraus.

»Nun, wie geht es Jim Drago?«

»Ich weiß nicht, Sheriff. Ich mache mir große Sorgen!«

Hap March klopfte Sally auf die Schulter.

»Daß der Junge sie gefunden hat, ist mehr als Glück. Ich wette, das wird ihn jetzt nicht mehr verlassen. Es gibt solche Strähnen im Leben. Ich sehe mir die Wunden mal an.«

Als Hap March sich wieder aufrichtete, nickte er.

»Wie ich sagte, Madame. Glück! Mehr Glück als Verstand. In sechs Wochen steht er wieder auf den Beinen. Mister McGee, es genügt, wenn Sie mir Jim Drago in sechs Wochen bringen, damit er seine Strafe zu Ende absitzen kann.«

»Er wird ihn bringen«, strahlte Sally bis hinter die Ohren. Hap March schaute ihr tief in die rot entzündeten, erschöpften, strahlenden Augen, und streichelte mit seiner harten Hand über ihr versengtes Haar.

»Ist gut, Madam. Sagen Sie ihm, er solle sich keine Sorgen machen. Sagen Sie ihm, ich hätte gesagt, daß ich ihm die Hand drücken werde, wenn er vor mir steht.«

»Und . . . Ihre Männer? – Sie haben doch auf sie geschossen?«

»Es sind einige verletzt worden, aber nicht schwer. Mister McGee?«

»Yeah?«

»Es wäre mir recht, wenn Sie den Stern behielten. Als Deputy Bundesmarshal. Der Paß ist Bundesgebiet. Wir brauchen einen Mann, der ein wachsames Auge darauf hat.«

»Aber, was werden sie sagen, wenn . . .«

»Niemand wird etwas sagen. Und wenn einer den Mund aufmacht und die alte Sache erwähnt, so ramme ich ihm die Zähne so tief in seinen Hals, daß er künftig mit den Zehen essen muß!«

ENDE